OCCHI VUOTI
UN ROMANZO

di

T. M. Bilderback

Traduzione di

Francesca Marrucci

CONTENUTI

Info sul **Copyright**

Capitolo 1

Capitolo 1

Non riesco ad esprimere il profondo orrore, l'impotenza e la disperazione che provo in questo momento. La situazione in cui mi trovo è terribile e potrebbe portare alla fine, forse non la fine dell'umanità, ma la fine di tutte le cose normali.

Ma scusate, sto iniziando questa storia dalla fine. Ora ricomincio da capo.

Non so quando sia davvero iniziato tutto, ma so quando ho riconosciuto i primi segni. Ero a casa, era un sabato mattina di settembre e stavo falciando il prato. Il nostro non era un complesso residenziale di quelli con accesso chiuso e nemmeno avevamo un'Associazione Proprietari. Non è una brutta cosa, perché sono sicuro che non gli sarei piaciuto troppo. Non mi importa di tenere il mio prato mezzo centimetro più alto, o fare le 'strisce' nell'erba quando la taglio. Aspetto che l'erba sia alta e abbia un aspetto trasandato e poi la taglio un po', giusto per rendere il prato un po' più presentabile.

Il mio vicino, Ralph Johnson, è l'opposto. E' ossessionato dal suo prato. Non cresce gramigna da lui e i narcisi non osano spargere i loro bulbi in posti diversi dalle aiuole preposte. Ho davvero visto Ralph in ginocchio, per terra, con il righello in mano a misurare l'altezza dell'erba del prato di fronte a casa. Spende ore, ogni sabato, con la falciatrice, il diserbante e un paio di cesoie. Non ho mai visto nessun altro così preoccupato del proprio prato.

Ralph e sua moglie vivono all'angolo tra la Maple e la Oak. La mia famiglia vive accanto a loro, sulla Maple Avenue.

Non siamo in buoni rapporti.

Ralph ed io abbiamo avuto delle 'discussioni' sulle mie abitudini riguardo al prato, che sono sfociate in insulti ben confezionati, che riguardavano tutto ciò che aveva a che fare con il prato, compresa quella volta in cui lo criticai aspramente e gli dissi di tornarsene nel suo e di concimarlo con tutta la merda che mi stava sputando addosso.

Dopo ciò, Phyllis, mia moglie, e Catherine, la moglie di Ralph, rimasero amiche, ma io e lui non ci sopportavamo.

Poi, arrivò il giorno che uno dei nostri figli – Ralph e Catherine non avevano bambini – accidentalmente buttò giù parte dello steccato sul retro che divideva le nostre proprietà. Si trattava di uno steccato in legno alto due metri e mezzo, di quelli che assicurano la privacy, con in cima dei triangoli che servivano a scoraggiare gli intrusi dall'arrampicarsi. Catherine rimproverò i bambini, Phyl si scusò. Catherine urlò contro Phyl e questo è quanto. Ralph ed io ci incontrammo nei pressi dello steccato distrutto quella sera. Dissi che avrei con piacere pagato la riparazione dello steccato e finì così che Phyl e Catherine non erano più amiche.

I nostri figli, Keith e Clarissa, non sono ancora adolescenti. Keith ha 11 anni e Clarissa 12. Entrambi sono atletici e anche se io li incoraggio ad esserlo, non so davvero da chi abbiano preso. Io non sono un tipo atletico. Visto che sono uno scrittore, il massimo dell'esercizio che posso fare è passeggiare per un paio di isolati, di solito quando sono ad un punto morto con una storia. Phyllis è una ragioniera e lavora per una grande azienda in centro. Entrambi i nostri mestieri richiedono di stare molte ore con il culo piantato sulla sedia alle nostre scrivanie, quindi, visto che entrambi abbiamo un buon metabolismo e non mettiamo su peso, non sentiamo il bisogno di fare esercizio fisico.

Dopo aver assicurato Ralph che avrei ripagato lo steccato, portai da una parte i bambini e dissi loro di fare più attenzione nel cortile sul retro. A football non si sarebbe più potuto giocare, a meno che tutte le parti in causa non fossero certe che niente andasse a sbattere addosso allo steccato. Dopo quel giorno, non vedemmo molto i nostri vicini.

Quindi fui davvero sorpreso quel giorno che alzai lo sguardo dalla mia falciatrice e vidi Ralph venirmi incontro sul mio prato. Non camminava dritto, comunque. Sbandò con un paio di passi a sinistra, raddrizzò la sua andatura, poi sbandò un altro paio di passi a destra e si raddrizzò di nuovo. All'inizio pensai che si fosse fatto una birra di troppo. Spensi la falciatrice e aspettai che mi raggiungesse, attraversando il prato.

Quando fu più vicino, notai i suoi occhi. I suoi occhi vuoti, lattiginosi. Sembravano marmi celesti circondati da latte, con alcune striature rosse, ma la cosa che notai di più fu che sembrava non mi vedesse realmente.

Voglio dire, poteva vedermi, naturalmente, stava camminando verso di me, ma non mi stava guardando realmente, non so se riesco a spiegarmi o se la cosa abbia senso.

Ralph si fermò a due passi da me e ad un passo dalla falciatrice.

Era un uomo abbastanza elegante di solito, eppure quel giorno era un po' trasandato, cosa davvero fuori dal normale per lui. Indossava una t-shirt marrone, jeans e scarpe da tennis, ma non aveva la maglietta infilata nei calzoni come sempre e non portava i calzini. I capelli erano in disordine, come se si fosse appena alzato da letto e gli occhiali erano tutti storti.

"Ciao Ralph," dissi cordialmente.

Ralph stava lì di fronte a me con quegli occhi dannatamente vuoti.

Decisi di provocarlo un po'.

"Sto facendo troppo rumore con la falciatrice? E' nuova, sai. Non penso nemmeno che riesca a tagliare uniformemente da sinistra a destra. Che ne pensi?"

Ralph non rispose. Continuò a guardarmi.

"Ralph, c'è qualcosa che non va? Che vuoi?"

Le sue labbra iniziarono a muoversi, ma non produssero alcun suono.

"Alza la voce, vicino. Non ti posso sentire se non produci dei suoni."

Ralph disse, "Glrk-k-k." Poi si piegò in due e vomitò tre o quattro litri di sangue sulla mia nuova Cub Cadet.

Mi scansai di corsa per evitare che il sangue mi arrivasse addosso, continuando a recitare come un mantra, "OhmioDio! OhmioDio! OhmioDio!"

Ralph vomitò ancora la stessa quantità di sangue sempre sulla mia falciatrice, ma non era solo sangue.

C'era come una specie di... pus nero... mischiato col sangue in grandi grumi, e delle cose serpeggianti che si contorcevano, ma che non erano né bigattini né vermi. Non so cosa fossero, ma avevano zampe e si muovevano freneticamente sulla superficie della macchina. La luce del sole diretta sembrava ucciderli, ma certo non avevo intenzione di toccarne uno per assicurarmene. L'odore era orribile, puzzava di cose morte che stavano allegramente imputridendo al sole.

Presi il mio cellulare e mi cadde subito. Lo raccolsi e tolsi la modalità aerea. Feci il 911, dissi loro che era un'emergenza e restai lì fino a che non arrivò la prima auto della polizia.

Ralph era crollato a terra sul suo fianco destro e si era raggomitolato in posizione fetale. Una di quelle cose striscianti aveva iniziato ad uscire da una narice di Ralph, ma tornò dentro non appena la toccò la luce del sole. La sua bocca si stava ancora muovendo, come a formare delle parole, ma i pensieri, seppure ce ne fossero ancora, non si traducevano in suoni.

I poliziotti nella volante azzittirono la sirena, ma lasciarono accesi i lampeggianti. Ero ancora al telefono con la loro operatrice e le dissi che la prima auto era arrivata e feci segno ai due tutori dell'ordine in uniforme di raggiungermi.

"E' lei il Signor Stiles? Il Signor Paul Stiles?" chiese il poliziotto più anziano.

"Sono io e sono proprio felice di vedervi, ragazzi!"

Il poliziotto più giovane si chinò al fianco di Ralph, poi fece per toccargli il collo, presumibilmente per controllare le pulsazioni.

"Io non lo farei fossi in lei!" dissi subito. "Non lo toccherei se fossi in voi, almeno non a mani nude. Non credo proprio che dovremmo toccarlo!"

"Perché, signor Stiles?" chiese il poliziotto.

In quel momento alcuni vicini erano usciti a vedere che fosse quel casino. Un'altra sirena, sperai un'ambulanza, si poteva sentire a distanza, che si avvicinava di secondo in secondo.

Indicai la falciatrice. "Non sono sicuro se ce ne sia qualcuno ancora vivo, ma quelle cose tipo vermi con le zampe sono uscite da dentro Ralph quando ha vomitato e ne ho vista una uscire anche da una narice per poi rientrarci. Potreste rimanere infettati da quella roba, qualunque cosa sia. Non ho molta voglia di avere quelle cose dentro id me, ma voi fate come volete." Vidi che il poliziotto ritirava la mano come se fosse stato morso. "La luce del sole sembra ucciderli, comunque," dissi.

La sirena, che, in effetti, apparteneva ad un'ambulanza, si zittì non appena girò nella Maple dalla Oak. Il giovane poliziotto corse al nuovo veicolo a spiegare cosa stava succedendo, quello più anziano si voltò di nuovo verso di me.

"Può dirmi chi è quest'uomo, signor Stiles?" mi chiese.

"Certo. E' il mio vicino, Ralph Johnson." Indicai la casa, parzialmente visibile oltre il confine della proprietà. "Vive lì con sua moglie Catherine."

All'improvviso mi resi conto che qualcuno avrebbe dovuto dirlo a Catherine. Non sapevo chi l'avrebbe fatto, ma sapevo che non sarei stato io.

"L'andrò a cercare, signore, e le dirò cos'è successo. Sa se è in casa?"

Scossi la testa. "Non ne ho idea, agente."

Sorrise e annuì. "Io andrò dalla moglie. Per favore, resti qui fuori, dobbiamo farle molte domande e deve firmare il verbale."

I paramedici stavano indossando guanti in lattice e presero una barella da dentro l'ambulanza. Li guardai e annuii al poliziotto. "Certo."

I paramedici misero la barella per terra di fronte a casa mia e tornarono al retro dell'ambulanza. Tirarono fuori delle tute aranciони di plastica e se le misero sopra le uniformi. Il poliziotto più anziano aveva appena raggiunto il marciapiede e svoltò dall'altro lato della siepe.

Se Ralph fosse stato cosciente ed in grado di muoversi, gli avrebbe probabilmente urlato contro che gli stava 'rovinando il prato'. Poi, avrebbe urlato qualcosa a proposito dei poliziotti che non avevano altro da fare che 'rovinare il duro lavoro di un buon cittadino'. A qual punto, probabilmente il poliziotto gli avrebbe sparato.

Ma Ralph non era né cosciente né si muoveva. Non ero in grado di dire se fosse ancora vivo e, sicuro come la morte, non mi sarei avvicinato di più a lui per scoprirlo.

Guardai di nuovo i paramedici, che si erano messi anche quei grossi caschi con le visiere davanti. Tute per materiale pericoloso, scommisi con me stesso. Si allacciarono le stringhe che avevano delle scatole attaccate. Dalle scatole spuntavano tubi che si connettevano con il retro dei caschi.

Che diavolo pensavano di attaccarsi dal vecchio Ralph?

Un'altra auto di pattuglia si unì al veicolo d'emergenza parcheggiato su Maple Avenue. Mi rammaricai che fosse ancora giorno. Le luci rosse, bianche e blu sarebbero state divertenti da osservare e molto patriottiche con la loro luminosità.

Il poliziotto giovane parlò con i due poliziotti nell'auto, poi si voltarono tutti e tre verso la casa di Ralph. I due poliziotti appena arrivati s'incamminarono sul prato di Ralph, creando ancora più 'danni', e il poliziotto giovane rimase vicino all'ambulanza.

Alla fine i paramedici si decisero ad attraversare il mio prato con la barella. Si fermarono di fianco al corpo immobile di Ralph e uno di loro si girò verso di me.

"Signor Stiles, il vomito l'ha toccata in qualche modo?" chiese il paramedico. La sua voce suonava sottile ed irreale. Veniva da un piccolo altoparlante vicino alla finestra del casco.

Scossi la testa. "No, ho potuto scansarmi in tempo, grazie a Dio."

Il casco del paramedico annuì, spostandosi avanti e indietro con un'enfasi esagerata. "Dio dev'essere stato con lei, oggi, senza dubbio."

Il suo partner si era chinato accanto a Ralph. La sua voce suonava come quella del suo collega. "Guarda, come il numero 12, Jim."

"Cavolo," disse il paramedico che si chiamava 'Jim'. "Che diavolo sta succedendo?"

"E' quello che vi stavo per chiedere," dissi.

Il giovane poliziotto aveva raggiunto i paramedici. "Scusatemi, ragazzi, hanno bisogno di voi alla casa accanto, non appena potete."

"Nella casa accanto?" chiesi. "Catherine? Sta male?"

Il giovane poliziotto sembrò spaventato e distratto, quando annuì. "Sembra che abbia la stessa cosa di quest'uomo qui per terra. Mi hanno chiesto se può venire ad identificarla."

"Certo," risposi.

"Ci prenderemo cura del suo vicino mentre è via, signor Stiles," disse il paramedico in piedi.

"Grazie," dissi. Mi incamminai verso la fine del cortile e svoltai dietro la siepe, nel cortile di Ralph. La porta d'ingresso era spalancata.

Ero solo. Il poliziotto giovane era ritornato dai paramedici, se per paura o per dar loro assistenza, non saprei.

Il prato di Ralph era immacolato. I cespugli di arbusti sul davanti della casa crescevano in aiuole piene di compost di legno, condividendo il loro spazio con arbusti di rose in fiore appena potati e tulipani verdi luminosi che erano già sfioriti per quell'anno. Tutto era sistemato perfettamente, con spazi uniformi tra una pianta e l'altra. Traversine di legno disegnavano le aiuole ed evitavano che l'erba verde del prato si intrufolasse tra il compost. Corrimani in ferro battuto lavorato decoravano i lati degli scalini e si incontravano in cima, costituendo una ringhiera di sicurezza per il portico, che proteggeva dagli intrusi che potevano invadere la privacy dei residenti.

In effetti, mi sentii un intruso quando salii quegli scalini per arrivare al portone di casa. Ad ogni scalino, cresceva in me un senso di terrore che quasi mi convinse a tornarmene a casa a nascondermi sotto il mio letto matrimoniale che dividevo con Phyllis. Ma non lo feci, con mio rimpianto successivo. Andai alla porta e chiamai.

"Salve!"

"In cucina!" fu la risposta che ebbi.

Mi incamminai nell'anticamera, poi attraversai il salone fino alla luminosa cucina. Le pareti erano tinte con un giallo brillante, gli elettrodomestici erano in acciaio inossidabile, brillanti anch'essi e intonsi. I mobili erano dipinti di bianco lucido e il pavimento aveva piastrelle bianche. La cucina era pulita ed invitante, con un'eccezione.

Catherine Johnston era raggomitolata in posizione fetale sul pavimento, stesa in una pozza di sangue e pus nero. L'odore di decomposizione era presente anche qui. Molte di quelle cose striscianti erano sul pavimento, ma queste, in particolare, non erano morte. La luce del sole non le aveva toccate e stavano strisciando e dimenandosi senza meta sul pavimento. Non avevano lasciato il fluido di pus e sangue... per adesso. Erano lunghe in tutto circa 8 centimetri e sembravano millepiedi ma con solo sei zampe. Una singola antenna ondeggiava dalla fronte di ciascuna creatura.

Catherine era morta, di quello ero sicuro. Aveva una creaturina che le strisciava fuori dal naso e una che spuntava da un orecchio.

Fui felice di non aver ancora pranzato, avendo voluto prima finire di falciare il prato.

"Signor Stiles, è la sua vicina?" chiese il poliziotto anziano.

Annuii, lottando con i conati di vomito. "Sì, agente, è Catherine Johnston. Suo marito, Ralph, è steso sul mio prato."

"Sembra che le sia successa la stessa cosa del marito," disse il poliziotto.

Stavo guardando in terra l'ammasso di sangue e pus e c'era un'impronta di scarpa evidente sul pavimento. Qualcuno era passato di là.

Mentre osservavo, uno dei due poliziotti appena arrivati schiacciò una di quelle cose attorcigliate. Si spappolò e le sue budella si riversarono per terra, nella pozza. Le altre creature si ammassarono su quella morta ed iniziarono a divorarla.

Naturalmente, il poliziotto era quello che aveva lasciato la prima impronta e aveva fatto la stessa cosa.

Subito dopo che mi venne in mente quel pensiero, il poliziotto – il nome sulla sua targhetta era 'Richards' – disse, "Ragazzi, si divorano l'una con l'altra, non è vero?" Aveva un sorriso goffo e sadico sul viso.

Il nome del poliziotto più anziano era 'Barnes' e il terzo poliziotto era 'Mitchell' a far fede alle targhette che portavano sulle camicie.

Barnes guardò Richards e disse, "L'ME ti farà rapporto per aver rovinato le prove."

"Che cosa?" disse Richards. "Le altre cose l'hanno ammazzata. Anche un idiota potrebbe vederlo."

"Ma l'ME non ha bisogno di nessun 'idiota' che rovini le prove che lo dimostrano. Non ci riprovare."

Guardavo il pavimento mentre loro discutevano, osservando le creature. Una stava lasciando la pozza, verso la scarpa di Richards. Si mosse velocemente e si era già arrampicata sulla punta della scarpa quando aprii la bocca per parlare.

"Ehi Richards, hai...," iniziai.

"Ahi!" gridò Richards, sollevando il piede velocemente e tirandosi su i pantaloni. C'era una piccola macchia rossa. Nessuna creatura. Solo la macchia che sembrava sospetta, con un buco da cui non usciva sangue.

"Che hai fatto?" chiese Mitchell.

"Una di quelle cazzo di cose mi ha morso!" gridò Richards.

Barnes, nel mentre, mi stava guardando. "Che cosa aveva iniziato a dire, signor Stiles?"

"Ho visto una di quelle cose montare sulla scarpa di Richards. È sparita sotto la gamba dei pantaloni."

"Non dire cazzate!" disse con rabbia Richards.

"Allora cos'è quel buco che hai sulla pelle? Ti sei tagliato radendoti?" chiese Mitchell.

"No, solo che..., è solo... io...," balbettò Richards.

"Dannazione! Afferragli il braccio, Mitchell! Portiamolo all'ambulanza!" gridò Barnes. "Stiles! Fuori di qui! Se ne vada a casa! Vada subito a casa!"

Volevo solo precisare che non mi vergogno affatto di quello che feci.

Corsi come mai avevo corso prima.

Capitolo 2

Quando raggiunsi la siepe, il giovane agente stava lì in piedi e sembrava indeciso. Mise una mano sulla pistola e mi disse, "Ehi! Ferma! Fermati lì!" Iniziò ad armeggiare con la fondina, quando Barnes gridò dagli scalini del portico di fronte alla casa di Ralph. Mi fermai comunque. Non volevo beccarmi una pallottola da un agente nervoso.

"Lascialo passare, Tim! Gli ho detto io di andarsene!"

Tim guardò i tre poliziotti che correvano nel cortile di Ralph.

"Chiama un'altra ambulanza, Tim! Abbiamo bisogno di un'altra ambulanza! Subito!"

Il giovane agente, Tim, si girò e corse alla prima volante che era arrivata e iniziò a chiamare il centralino per chiedere un'altra ambulanza. I paramedici stavano proprio caricando la barella, con sopra Ralph dentro ad un sacco nero sul retro dell'ambulanza e indossavano ancora le tute per i materiali tossici. Barnes disse, "Quest'uomo è stato morso da una delle creature! Portatelo subito in ospedale! Non c'è molto tempo!"

Richards stava protestando con i quattro uomini che lo misero a forza nell'ambulanza. "No, aspettate, ragazzi! Voi mi conoscete! Sono Richards, amico, andiamo! Non ho nessun problema!"

La cosa più raggelante che avevo visto fino a quel momento, non a causa dell'atto, ma per le implicazioni che lo stesso aveva, fu Barnes che usava le sue manette per fermare entrambe le mani di Richards ad un manubrio all'interno dell'ambulanza. "Adesso andate!" Gridò Barnes, richiudendo gli sportelli sulle proteste di Richards. Li sbatté due volte per chiuderli. L'autista saltò su senza togliersi la tuta bianca e l'ambulanza corse via a sirene spiegate.

Mi accade qualcosa mentre guardavo l'ambulanza che se ne andava e mi girai verso Barnes. "Agente Barnes...," dissi.

"Sergente, signor Stiles."

Alzai le spalle. "Sergente Barnes, allora. Ho una domanda."

Barnes si guardò attorno, osservò i vicini che affollavano la strada e richiamò ad alta voce Tim e Mitchell. "Voi due mettete un po' di nastro intorno a queste due case e tenete indietro la gente sul marciapiede! Andate!" Gli altri due agenti si affrettarono a fare ciò che Barnes aveva detto loro.

"Ok, Stiles, sembra che abbiamo un minuto tutto per noi. Qual è la sua domanda?"

"Quando ha fatto gran controllare Ralph, uno dei paramedici ha detto, 'Sembra il numero 12.' Che cosa voleva dire?"

Barnes fece un lungo sospiro, come se mi stesse per dire di farmi gli affari miei, ma qualcosa nei miei occhi dovette fargli cambiare idea. Proseguii con le mie domande.

"Anche un'altra cosa. Aveva una fretta maledetta di far portare Richards all'ospedale. Penso che lei sappia qualcosa che non mi sta dicendo. E vorrei sapere cos'è," terminai.

Barnes rimase in silenzio a guardare i miei vicini. Poi guardò i due agenti che cercavano di tenerli lontani dalla mia casa e da quella di Ralph.

Alla fine, Barnes si girò a guardarmi. "Signor Stiles...," iniziò.

"Paul," lo interruppi.

Barnes mi sorrise, cordiale. "Paul. Il mio nome è Bobby. Puoi ringraziare il cielo che stanotte non sei stato infettato. Abbiamo avuto chiamate da tutta la città."

"Che cosa sono quelle cose?"

Bobby scosse la testa. "Nessuno lo sa. Nessuno aveva mai visto una cosa così prima. Non sappiamo neanche da dove vengano e non sappiamo come ucciderli." Fece un sorriso sarcastico. "Non sappiamo neanche quante persone siano state infettate. Non ce ne accorgiamo fino a quando non compaiono quegli occhi vuoti."

Continuai io. Quella era la prima cosa che avevo notato con Ralph e lo dissi.

Bobby annuì. "Sì, ma il tuo vicino era agli ultimi stadi. Gli occhi vuoti appaiono circa tre ore prima che vomitino fuori tutto. Anche allora, i corpi contengono le uova. Le uova sono nere... viscide, credo che vengano espulse con il sangue."

"Quei vermi che Ralph ha buttato fuori sembravano tutti morire alla luce del sole."

"Non sono morti."

Guardai Bobby. "Cosa?"

Bobby scosse la testa. "Quelle cose non sono morte. La luce del sole non le uccide. Le stordisce solamente... le rende dormienti."

"Santo cielo. Chi sa tutto questo, Bobby? Che cosa si sta facendo?"

"So che tre professori dell'Università cittadina sono tutti chiusi nella loro area di quarantena. Stanno lavorando al problema, ma non hanno ancora concluso niente. Hanno molto cibo e acqua lì dentro e si sono assicurati che niente li possa raggiungere, ecco come stanno le cose. Non so che cosa hanno scoperto e non so a chi lo abbiano detto."

"Qualcuno deve allertare il CDC ad Atlanta! Avvisare i federali! Diramarlo ai canali di informazione! Bobby, dobbiamo avvertire la gente!"

"Avvertirli di cosa!? Non sappiamo neanche come si diffonde! Richards è stato il primo che abbiamo visto infettato direttamente tramite una creatura, ma il resto delle persone infettate sono un mistero completo! Non sappiamo se le uova si diffondono con il vento o attraverso l'acqua o solo camminando per terra."

"Ma comunque le persone devono essere avvisate! Forse riusciranno a proteggersi in qualche modo."

Bobby mi guardò. "Paul, sii realista. La gente semplicemente andrebbe nel panico. Inizierebbero ad uccidersi l'un l'altro per semplice paura." Si guardò di nuovo intorno, alla fila di vicini. "Sei sposato, Paul?"

Annuii. "Sì, con due figli."

"Sono dentro?"

"No, i ragazzi sono al cinema e mia moglie sta lavorando in ufficio in centro."

"Vuoi un consiglio?"

"Certo."

Bobby si guardò di nuovo intorno. "Radunali, fa i bagagli e portali via da qui. Portali in un luogo lontano da tutti. Proteggi te stesso e la tua famiglia."

Iniziò ad andarsene, poi si fermò e si voltò verso di me. "Ma non aspettare troppo. Fallo finché puoi."

Considerai attentamente il suo consiglio e, sull'urgenza del momento, presi una decisione.

"Bobby!"

Si fermò e si girò verso di me.

"Hai carta e una penna che posso usare per un momento?"

"Okay." Cercò nella tasca, tirò fuori entrambi e me li porse.

Li presi e scarabocchiai un indirizzo e delle indicazioni stradali rudimentali.

"Sei sposato, Bobby?"

Scosse la testa. "Divorziato."

Gli restituii carta e penna. "La baita che abbiamo in montagna si trova qui. Saremo lì. Se qui si mette proprio male, raggiungici. Saremo felici di ospitarti."

L'uomo sorrise. "Grazie, Paul. Potrei anche accettare."

Annuii, tirai fuori il cellulare e, chiamando Phyllis, tornai in casa.

PHYLLIS ERA PIENA DI domande dopo che le ebbi spiegato cos'era successo quel giorno. Alla maggior parte delle sue domande, non avevo alcuna risposta da dare.

"Quindi, basandoci su quello che ha detto l'agente, dobbiamo fare i bagagli e andarcene domani," disse, con un tonno leggermente sarcastico.

"Sì," risposi. "Almeno per un po'."

"Hai una qualche idea di quanto lavoro devo fare? Non sarà il periodo delle tasse, ma è quello degli introiti e alcune delle nostre aziende stanno chiedendo...," iniziò lei, poi si fermò. "Paul, uno dei ragazzi mi sta chiamando. Aspetta." Mi mise in attesa.

Stavo pensando ai modi per convincerla ad andare via quando finalmente tornò in linea.

"Paul, inizia a fare i bagagli. Prendiamo sia il SUV che l'auto. Così porteremo più cose con noi."

"Che è successo, Phyllis? I ragazzi stanno bene?"

"Era Keith. I ragazzi stanno bene, ma dicono che tre persone al cinema hanno vomitato e le ambulanze li hanno portati via. Keith sta provando ad essere coraggioso, ma solo per il bene di Clarissa. Sono spaventati."

"Okay, inizio. Ci dobbiamo fermare al supermercato sulla strada per la baita. Dobbiamo portare tutto quello che possiamo e limitare al minimo gli abiti. Possiamo lavarli quelli, ma il cibo deve essere una priorità."

"Hai ragione, Paul. Lascerò una nota sulla porta di Browning, solo nel caso non rispondesse al telefono. Gli dirò che devo prendermi un periodo di assenza e che non so quanto sarà lungo. Poi, andrò a prendere i ragazzi e torneremo a casa."

"Okay, Phyl. Stai attenta, tesoro. Ti amo."

"Anch'io ti amo, Paul."

Attaccammo e io andai in garage a scovare le nostre valigie.

Notai che la falciatrice stava ancora di guardia nel giardino davanti a casa, offrendomi un sobrio ricordo del fatto che il mio vicino di casa era appena morto lì.

QUANDO PHYLLIS TORNÒ a casa, la maggior parte della folla se n'era andata. L'ambulanza era venuta e andata dalla porta accanto e alla fine la casa dei Johnson era stata sigillata. Il nastro giallo era stato rimosso, così il mio vialetto d'accesso non era bloccato, ma un quadrato di nastro giallo ancora circondava la falciatrice. Il recinto di nastro era lungo un po' più di un metro per ogni lato ed era stato eretto utilizzando dei picchetti di legno abbandonati dello steccato di un altro vicino.

Andai loro incontro fuori, principalmente per tenere i miei ragazzi lontani dalla falciatrice. Li abbracciai e baciai tutti e poi strinsi con forza mia moglie.

Sentii il riassunto sulle persone che avevano vomitato nel cinema da Keith. Disse che mentre nessuno aveva vomitato durante il loro film, avevano sentito di persone che avevano assistito alla scena mentre vedevano altri film. Siccome la durata media di un film è di due ore o meno, quello significava che quelle persone erano passate allo stato finale più velocemente di quanto aveva stimato Bobby, perché nessuno aveva notato niente sugli occhi delle persone infettate.

Avvisai i ragazzi di non avvicinarsi alla falciatrice e iniziai a discutere su com'era meglio caricare il SUV con Phyllis. All'improvviso Clarissa urlò.

"Mamma, papà! C'è qualcosa sotto la falciatrice!" disse, agitata.

"Cosa?" Chiesi incredulo.

"Ho visto muoversi qualcosa sotto la falciatrice!" ripeté Clarissa.

Guardammo tutti il retro della macchina. Dopo un momento, qualcosa si mosse lì sotto. Somigliava ad un grande ratto o... ad un piccolo cane."

Il mio stomaco ebbe una contrazione. Qualunque cosa fossero quelle larve, crescevano in fretta.

C'era ancora il sole, quindi non ero preoccupato che uscissero da lì sotto. Non ancora. Ma quando il sole fosse tramontato? Sì, credevo proprio che allora sarebbero uscite fuori. Oh,, sì. Certamente l'avrebbero fatto.

È quello il momento in cui escono sempre i mostri.

Dissi a Phyllis, "Finiamo di caricare. Subito."

"Cosa c'è Paul? Cosa c'è lì sotto?"

"Non lo so, Phyl, ma era poco meno di 8 centimetri quando Ralph l'ha vomitato. Sbrighiamoci, ora, per favore. Voglio essere per strada prima di notte."

Keith stava già spingendo la sorella in casa e io presi la mano di Phyl. Al garage, la spinsi dentro e dissi, "Prendi pochi abiti, possiamo lavarli o indossarli per più giorni. La valigie le mettiamo nel bagagliaio dell'auto. Carica ogni grammo di cibo che abbiamo in cucina nel SUV non appena lo giro e faccio retromarcia nel garage. I frigo portatili sono in cucina. Metterò giù i sedili di dietro per fare più posto. Ci fermeremo ad un supermarket per strada. Adesso va, sbrigati!"

Phyl annuì e i ragazzi andarono a fare le valigie nelle loro stanze. Non appena iniziai ad allontanarmi, mia moglie mi trattenne, preoccupata. "Staremo bene, Paul?"

"Lo spero davvero, Phyl, ma non ti mentirò. Non lo so."

Lasciai andare la sua mano e tornai al SUV. Lanciai uno sguardo sospettoso alla falciatrice, girai il SUV e feci marcia indietro nel garage. Quando scesi e girai intorno al veicolo, mi caddde l'occhio sulla finestra al piano di sopra della casa dei vicini.

Al primo piano dei Johnson c'era un verme, ma era lungo almeno trenta centimetri. Si arrampicava sul vetro, sondandolo con la sua unica antenna. Una delle sue sei zampe era grande, con un artiglio alla fine. Mentre guardavo, alzò l'artiglio e colpì la finestra. Il vetro resse, ma se quella cosa fosse diventata più grande e forte, il vetro si sarebbe infranto.

Poi, sarebbe stato libero.

Era questa cosa che si nascondeva sotto alla falciatrice, aspettando la sua opportunità di scappare una volta che il sole fosse tramontato? E cosa dire di tutti gli altri chiusi dentro la casa di Ralph e Catherine? Anche loro stavano cercando una via di fuga? Sicuramente! Ma, a meno che una delle finestre non fosse aperta o qualche sfiatatoio non desse direttamente sull'esterno, non potevano uscire. Almeno non fino a quando fosse stato alto il sole. Come facevano a respirare, schiudendosi all'interno dei corpi umani in quel modo? Se potevano trattenere il fiato dentro un corpo, non potevano...?

Corsi dentro casa. Quando aprii la porta della cucina sbattendola, notai che Phyl stava caricando un frigo portatile.

"Dove sono i ragazzi?" gridai, agitato. "Di corsa! Dove?"

Confusa, Phyl disse, "Nelle loro stanze, credo. Che succede?"

"Andiamo!" Gridai, scendendo le scale.

Al piano bagno degli ospiti del piano di sotto, sbandai, fermandomi e Phyllis si arrestò dietro di me. Stavo guardando con attenzione e ascoltando con ogni briciolo di udito che possedevo.

C'era qualcosa nel water. Riuscivo a sentire l'acqua che si muoveva lentamente.

La tavoletta si alzò di qualche centimetro, poi si richiuse sbattendo.

"Oh mio Dio," sussurrò Phyllis, con il terrore nella voce.

"Sali su e assicurati che i ragazzi non stiano usando il bagno. Penso io a questo," sussurrai.

La tavoletta del water si alzò di nuovo di qualche centimetro e poi si richiuse, sbattendo.

"Vai!" sussurrai con urgenza.

Phyllis corse su per le scale.

Ora dovevo affrontare il problema dell'intrappolare quella cosa sotto la tavoletta. Pensai rapidamente e quando la tavoletta si risollevò e ricadde, feci l'unica cosa che ero riuscito a pensare in quel breve momento.

Tirai lo sciacquone.

Sentii la creatura sciacquare e dimenarsi e me la figuravo affondare in rapidi gorghi giù per lo scarico.

La nostra stanza per gli ospiti aveva ancora una televisione a colori da 32 pollici e pesava almeno 20 chili. La staccai dalla corrente e dai cavi, la portai in bagno e la misi sulla tavoletta.

Uno fatto. Due da fare, ed erano entrambi al piano di sopra.

"Paul! Vieni qui, corri!" gridò Phyllis dalla cima delle scale.

Corsi prima che potevo, fermandomi a prendere giusto una mazza da golf che avevo intenzione di vendere e che era ancora in giro per casa. Mi precipitai sulle scale e trovai Phyllis e Clarissa in corridoio fuori dal bagno dei ragazzi.

Keith era dentro, che veniva sbalzato su e giù mentre stava in piedi sulla tavoletta.

La creatura lì dentro doveva essere molto più grande, perché Keith pesava sui 40 chili. Aveva problemi a mantenersi in equilibrio dopo ogni colpo e sembrava terrorizzato.

"Tieni duro, ragazzo!" Gridai.

Corsi nella nostra stanza ed aprii l'armadio. Sull'ultimo ripiano in alto, le mie mani indagatrici trovarono il mio fucile a doppia canna calibro 12. Lo tirai giù e lo aprii velocemente. Poi cercai ancora e trovai la scatola di legno che usavo per tenere le munizioni per la pistola, per il fucile e il mio revolver Smith&Wesson. Presi un po' di cartucce, ne caricai due nel fucile e tornai al bagno.

"Phyllis, quando te lo dico, afferra Keith e portalo via dal bagno più in fretta che puoi. Sparerò a quella cosa se devo, ma forse riusciremo solo a chiudere la porta del bagno e lasciarlo lì dentro abbastanza a lungo mentre scappiamo da casa."

Phyllis annuì. "Okay, sono pronta e tu stai attento, Paul."

Annuii e mi addossai il fucile alla spalla. Phyllis entrò in bagno e aprì le braccia per prepararsi ad afferrare Keith.

Mi sistemai e dissi, "Okay, vai!"

Sembrò che tutto si muovesse al rallentatore, anche se durò solo pochi secondi.

Phyllis afferrò nostro figlio e si affrettò verso la porta del bagno. Aveva fatto appena due passi quando la tavoletta esplose verso l'alto, spruzzando ovunque acqua e la creatura saltò dal water e atterrò sul pavimento del bagno. Phyllis uscì e la creatura si volse verso di me che ero in piedi nel corridoio. Non ebbi tempo di afferrare il pomello e chiudere la porta, perché vidi i muscoli delle sue zampe posteriori prepararsi ad un nuovo balzo. Questa cosa aveva la taglia di un bassotto. Phyllis e Keith avevano appena liberato la porta quando presi la mira sulla creatura e tirai il grilletto. Lo sparo la raggiunse a metà del salto ed esplose in una melassa nera che ricoprì il muro del bagno retrostante. Tutte e sei le zampe si staccarono dal corpo. La testa della creatura andò a finire sulla tenda della doccia e lentamente scivolò nello scarico, lasciando una striscia nera e viscida mentre scivolava.

Lo sparo era stato incredibilmente forte nella stanzetta e le mie orecchie stavano ancora fischiando. Potevo sentire Phyllis e i ragazzi piangere. Poi sentii Phyllis gridare e indicare la nostra stanza.

C'era un'altra di quelle cose striscianti che usciva dalla stanza. Ovviamente era uscito anche quello dallo scarico del bagno.

Phyllis e i ragazzi stavano indietreggiando lentamente, lontano dalla creatura. Tutti e tre urlavano e piangevano e la scena minacciava di precipitare nella confusione e disperazione.

Mi rimisi il fucile sulla spalla e tirai di nuovo il grilletto. La creatura esplose nello stesso liquido nero.

Mi girai verso il bagno per chiudere la porta e quando afferrai il pomello, vidi degli altri vermetti striscianti nel liquido viscido lasciato dalla prima creatura a cui avevo sparato. Si stavano tutti dirigendo verso la porta del bagno. Chiusi la porta, sbattendola, e vidi che altri venivano verso di noi uscendo dai resti della seconda creatura.

"Ok, ascoltate bene. Ce ne andiamo subito!" Gridai a Phyllis e ai ragazzi.

Phyllis afferrò la mano di Clarissa e io presi quella di Keith. Scendemmo al piano di sotto. Dissi loro di prendere quello che potevano e metterlo in auto. Andai a dare un'occhiata al bagno della stanza degli ospiti e la tv stava saltando e dondolando avanti e indietro sulla tavoletta. Qualcosa stava sicuramente cercando di uscire. Subito dopo chiusi la porta del bagno e sentii il vecchio Sanyo infrangersi contro le piastrelle e qualcosa andare a sbattere contro la porta dall'interno.

Non volevo vedere cosa fosse.

Mi sbrigai a tornare in cucina, sperando di poter raggiungere il mio fucile. Il mio revolver era nascosto nella scatola dei biscotti sopra al frigo, quindi andai a prenderlo e lo infilai dentro alla cintura, dietro alla schiena. Il grande frigo portatile era quasi pieno, quindi finii di riempirlo con cibo congelato, per la maggior parte carne, e lo chiusi. Lo sollevai e lo portai al SUV.

Phyl aveva infilato i ragazzi in salvo sui sedili di dietro. Se avessimo potuto raggiungere il supermercato sani e salvi, uno dei ragazzi sarebbe potuto salire in auto con me.

"Ok, Phyl, ci fermiamo al McKelvie's Food. Tieni il cellulare a portata di mano e se non ti pare sicuro, non entrare," dissi.

Phyl annuì. "Okay, Paul, ma per favore stai attento."

Annuii e le passai il fucile dopo averlo ricaricato. Le diedi anche tutte le cartucce che avevo... sette. Avremmo dovuto fare un'altra sosta sulla strada per la baita, proprio per procurarci altri vestiti e munizioni.

La baita aveva l'elettricità. Era appartenuta ai miei genitori. Dopo che uno dei miei libri aveva venduto molto bene, avevo installato dei pannelli fotovoltaici e delle batterie, insieme a tre pale eoliche, quindi l'elettricità c'era... almeno abbastanza per tenere acceso un frigo ed un congelatore e forse anche abbastanza per attaccarci altre cose.

Non appena mi sedetti al posto del guidatore del SUV, non potei fare a meno di guardare ancora una volta la casa dei Johnson. La cosa strisciante era ancora alla finestra, solo che sembrava più grande. Stava ancora battendo contro il vetro e, proprio mentre guardavo, la finestra si ruppe.

La mia bella falciatrice stava ondulando avanti e indietro, come se qualcosa lì sotto fosse ansioso di scappare.

Sì, era proprio tempo di andarsene.

Avviai il SUV, percorrendo il vialetto fino alla strada. Phyllis mi seguiva attaccata al paraurti. Diedi un'occhiata alle case lungo la strada. Non potevo evitarlo.

Non vidi niente dai Miller, ma c'era uno strisciante bello grosso nella finestra di fronte al primo piano dei Taylor. I Taylor vivevano di fronte ai Johnson dall'altra parte della strada e anche loro avevano una casa d'angolo. Sembrava che quelle cose avessero viaggiato lungo le fognature fino a noi e alle due case di fronte. Potevano essere andate più lontano, ma certo non mi voltai per scoprirlo. Girai a destra sulla Oak, che ci avrebbe portati in periferia sul lato occidentale della città, dov'erano tutti i grandi centri commerciali. Il McKelvie's Food era lì e il negozio di merce sportiva era nella stessa strada. Se fossero sembrati a posto, Phyl avrebbe potuto prendere del cibo, io delle munizioni, almeno altri tre fucili. Ringraziai Dio che non ci fosse fila per le armi.

Il mio cellulare squillò. Era Phyl.

"Paul, quanta benzina c'è nel SUV?" Chiese, quando risposi.

Guardai la spia del serbatoio. "Ho il serbatoio pieno per un quarto."

"È quanta ne ho anch'io," rispose Phyllis.

"Okay, ci fermiamo per strada dopo il McKelvie's."

"Come vuoi, tesoro. Hai pensato ad accendere la radio?"

Mentalmente mi diedi uno schiaffo in fronte. "No, proprio non ci ho pensato!"

"Ti spiacerebbe farlo? Io non voglio, per un paio di ovvie ragioni," disse. Sapevo che si riferiva ai ragazzi.

"Okay, baby. Ti richiamo se so qualcosa," dissi. Attaccammo.

Accesi la radio e premetti il bottone 'cerca'. Quando si fermò sulla musica, lo premetti di nuovo. Alla fine si fermò su una stazione cittadina di news no-stop.

"*... fanno retro marcia lungo il lato orientale della città. Se vi state dirigendo ad est, non prendete la superstrada. Se vi state dirigendo ad ovest, sulle montagne, sembra tutto libero per adesso. Non sappiamo molto su questi insetti, ma ci arrivano segnalazioni da tutte le parti. Sembra che dapprima siano apparsi nella periferia est della città e stanno guadagnando rapidamente terreno verso ovest. Gli agenti che seguono l'emergenza ci dicono che gli insetti crescono di taglia dopo essere stati vomitati dalle persone infette. Sono carnivori e cannibali. Le forze governative stanno lavorando per cercare di ucciderli, ma finora non ci sono riusciti. Nessuno sa da dove vengono, nessuno sa nemmeno se sono di questo pianeta. Almeno, nessuno sta condividendo questa informazione con noi. Ancora una volta, se state cercando di lasciare la città, restate lontani dalla superstrada a est della città. C'è un lungo tamponamento a catena per più di un miglio...*"

Spensi la radio e chiamai Phyllis. Quando rispose, le raccontai cosa aveva detto la radio, poi dissi, "Qualunque cosa facciamo, sbrighiamoci al supermarket e io devo andare in almeno altri due posti. Abbiamo bisogno di munizioni e di un portatile, visto che non ho fatto in tempo a prendere il mio."

Potevo vedere Phyllis annuire dallo specchietto retrovisore, poi arrivò la sua voce. "Okay, Paul e possiamo fare il pieno ad entrambi i veicoli un po' più in là, se non ti dispiace."

Sorrisi. "Non mi spiace nemmeno un po'. Spero che quell'ondata di insetti rallenti almeno un po', una volta che saremo fuori città."

"Anch'io, tesoro."

Attaccammo.

IL PARCHEGGIO DEL MCKELVIE'S non era pieno e potevo vedere gente gironzolare nel negozio. Era aperto anche il Michael's Sporting Goods e potevo vedere un paio di persone anche lì dentro. Parcheggiai e Phyl parcheggiò accanto a me. Uscimmo tutti dai veicoli e ci incontrammo vicino alla postazione per la restituzione dei carrelli.

"Ecco cosa dobbiamo fare. Keith, tu verrai con me da Michael's. Clarissa, tu vai con tua madre e fate scorta di cibo in lattina. Tutto quello che potete. Anche salsa per gli spaghetti, pasta e parmigiano. Privilegiate le cose che possiamo conservare fuori dal frigo. Prendete il burro, perché possiamo congelarlo e un paio di galloni di latte..."

Phyllis alzò la mano. "Perché tu e Keith non andate al negozio di sport e poi ci vediamo dentro da McKelvie's? In quel modo potremmo avere entrambi un carrello e così anche i ragazzi. In quattro dovrebbero contenere la maggior parte delle cose che ci servono."

Sorrisi a mia moglie. Tipica ragioniera che pensa in modo logico. "Sissignora e... Phyl?"

"Cosa, caro?"

La baciai e le dissi, "Tieni gli occhi aperti." Abbassai lo sguardo su mia figlia. "Questo vale anche per te, 'rissa."

"Va bene, papà," disse Clarissa.

Ci separammo e io e Keith ci dirigemmo verso il Michael's.

Capitolo 3

C'erano due uomini dentro al Michael's, uno era dietro al bancone e l'altro guardava fuori dalla finestra.

Keith ed io ci dirigemmo verso quello dietro al bancone.

"Buon pomeriggio, ragazzi! Cosa posso fare per voi?" Disse l'uomo.

Gli sorrisi. "Salve. Vorremmo tre fucili e abbiamo anche bisogno di munizioni."

"Che tipo di fucili cercate? Ho un affarone su un calibro 12 russo a un colpo questa settimana: solo un centone."

Scossi la testa. "No, ho bisogno di un fucile a pompa, con un caricatore che porti almeno 10 cartucce."

L'uomo sorrise. "Ne ho uno che penso le piacerà." Andò ad una delle rastrelliere sul muro e tirò giù un bel fucile. "Dia un'occhiata a questo." Me lo porse.

Lo controllai, grato che la mia famiglia avesse sempre usato armi, sia per caccia che per sport. Le amavo e mi piaceva tirare al bersaglio. Keith sparava da quasi un anno ormai e avevo da poco dato a Clarissa la sua seconda lezione. Entrambi erano portati come pesci col nuoto.

Mostrai a Keith dove e come caricarlo e cosa fare per spingere una cartuccia in canna.

Lo restituii all'uomo e gli dissi che l'avremmo preso.

"Fantastico! Quello sì che è un fucile! Ora, per gli altri due ha in mente qualcosa?"

"Voglio un 30-06 e quello che vedo lì sopra è un SKS con la cassa in legno?" Indicai il fucile di cui parlavo.

"Buon occhio! Sì, è russo. Spara cartucce 7.62 x 54. È fornito con un caricatore da 30 cartucce e penso di avercene un altro sul retro che ci si possa adattare. La sola marca di 30-06 che ho è Remington con delle clips da 10 colpi."

"Venduto." Presi un foglietto e ci scrissi sopra. "Ecco la lista delle munizioni che mi occorrono e prenderò tutte quelle che riuscirà a portarmi."

L'uomo fischiò. "Signore, lei mi ha fatto svoltare la settimana! Il mio nome è Michael Hayes. Sono il proprietario di questo posto." Mi porse la mano.

Gliela strinsi e dissi, "Sono Paul Stiles. Questo è mio figlio, Keith."

Michael inclinò la testa. "Paul Stiles, lo scrittore?"

Annuii.

"Beh, che io sia dannato! Sto leggendo il suo ultimo libro proprio ora!" Indicò un tablet che aveva appoggiato sul bancone quando eravamo entrati.

Sorrisi. "La ringrazio molto. Spero le piaccia."

"Oh, sì! Roba di Stiles piacere molto me!" Tirò fuori alcuni moduli e me li diede. "Bene, ecco le scartoffie e devo anche vedere la sua patente di guida, così che possa controllare i precedenti penali."

Gli diedi la mia patente e riempii i moduli mentre Michael controllava.

Quindici minuti dopo, eravamo pronti a pagare la nostra merce. Stavo appoggiato al bancone quando mi capitò di vedere qualcosa mezza nascosta su uno scaffale.

Era una pistola lancia razzi di segnalazione, ancora nel suo imballo originale.

Michael fece il totale dei miei acquisti e stava per dirmi quant'era quando dissi, "Prenderò anche la pistola lancia razzi... e tutti i razzi che può rimediarmi."

"Signor Stiles, mi ha appena pagato l'affitto del locale per questo mese," rispose Michael, come se avesse detto tutto.

Addebitai tutto sulla mia carta di credito. Diedi a Keith due fucili e io mi misi il terzo sottobraccio. Avevo portato un'altra scatola di legno per le munizioni ed era piena fino all'orlo. Michael raccolse il resto degli acquisti e disse, "Vi aiuterò a portare fuori questa roba."

Ci incamminammo e l'altro uomo nel negozio, ancora guardava fuori dalla finestra, fermo nello stesso posto.

Chiesi a Michael se l'uomo stesse bene e lui disse, "Certo. È arrivato prima e ha detto che non si sentiva bene e mi ha chiesto se poteva restare qualche minuto fino a che non si fosse sentito meglio. Gli ho detto che non c'era problema."

Annuii e in tre portammo la merce fuori dal negozio e la caricammo nel SUV.

Una volta caricata, chiesi a Michael, il cui secondo nome era Thomas, che avrebbe fatto con *le cose striscianti*.

Non sapeva di cosa stessi parlando. Non aveva sentito niente e non aveva acceso né la radio né la tv quel giorno. Di solito navigava in internet di notte, dopo aver chiuso il negozio ed era tornato a casa.

Gli raccontai della mia giornata e di quello che avevo sentito alla radio. Poi, gli dissi dove ci stavamo dirigendo. Era scettico.

Fu Keith a convincerlo. Disse, "Signor Thomas, una di queste cose per poco non prendeva me e mia madre. È salito su dallo scarico del water e papà gli ha sparato con il fucile. Sono grandi, brutti e fanno paura. Va bene se non vuole crederci, ma non continui troppo a lungo a non crederci, altrimenti la prenderanno, se non sta attento."

Tornammo indietro di fronte al negozio di articoli sportivi. Alzammo lo sguardo tutti e tre nello stesso momento e vedemmo l'uomo che era rimasto nel negozio.

Si era piegato in due e vomitava una quantità assurda di sangue e melma nera.

"Oh, mio Dio," dissi. "Keith, corri a prendere le donne"

Michael, il proprietario del negozio, stava fissando il casino che l'uomo aveva combinato sulla vetrina d'entrata. Gli striscianti se ne andavano in giro nella melma che era sparsa sul vetro e sull'espositore e l'uomo era crollato a terra, sotto alla nostra visuale. Michael sembrava stupito.

"Ecco, oggi è così che è iniziata per me," dissi. Presi una rapida decisione. "Michael, hai un po' di tempo prima che quelle cose siano capaci di spostarsi al di fuori della melma. Se vuoi venire con noi, prenderemo quello che potremo, mentre scappiamo dal tuo negozio. L'invito c'è, amico. Devi solo decidere in fretta."

"Il mio furgone è parcheggiato proprio qui fuori. Lo porterò davanti al negozio, se mi aiuti a caricare l'artiglieria," disse Michael.

"Certo," gli dissi. A Keith dissi, "Va a cercare tua madre e dille cos'è successo qui. Dille che porteremo Michael con noi, e saremo fuori dal negozio non appena avremo caricato tutto."

"Okay, papà," rispose Keith, con gli occhi spalancati su quella melma. Oh, beh, era inevitabile che prima o poi l'avrebbe visto succedere, soprattutto visto quanto velocemente si muovevano quelle cose. Andò a cercare la madre nel McKelvie's.

Michael andò a prendere il suo furgone e lo portò davanti al negozio. Quando mi raggiunse sulla porta, dissi, "Non calpestare né il sangue né quella roba viscida. Ho visto un poliziotto farlo oggi e una di quelle cose striscianti si è arrampicata su di lui, sotto i pantaloni, e gli è entrata dentro. Non riuscirò mai a spiegarti quanto sono pericolose queste creature e quanto pericolose possono diventare."

"Okay facciamolo. Di cosa abbiamo bisogno oltre all'artiglieria? Ho un sacco di MRE[1] e altra roba per survivalisti[2]."

"Prendiamo anche quelle per stare sicuri e prenderemo qualsiasi altra cosa pensiamo possa tornarci utile."

Ci scambiammo uno sguardo d'intesa ed entrammo.

Quella puzza familiare mi colpì di nuovo e Michael deglutì a fatica, non so per la puzza o per la melma. Erano entrambe nauseabonde. Il sangue e la melma viscida si erano sparsi, ma almeno quest'ultima era solo sul vetro. Ce n'era pochissima a terra e per questo ringraziai il cielo.

Non si erano mai visti due uomini caricare un furgone così velocemente come facemmo noi. Prendemmo frigo portatili, borracce e anche sacchi a pelo. C'erano molte confezioni di MRE e prendemmo anche tutte quelle che Michael aveva in magazzino. Caricammo armi, munizioni e protezioni per le orecchie. Caricammo occhiali di protezione coltelli da caccia, archi e frecce. E in qualche modo riuscimmo a far entrare tutto nel furgone.

Quando lasciammo il negozio, gli striscianti avevano appena iniziato a cadere dalle pedane che servivano da espositore nella vetrina ed iniziavano a muoversi sul pavimento. Michael chiuse la porta e la sigillò fermamente.

"Ora che facciamo, Paul?" Chiese.

"Spostiamo il furgone accanto al mio SUV e all'auto, poi ci dirigiamo dentro il McKelvie's. Che te ne pare?"

"Suona bene." Annuì Michael.

Parcheggiammo il furgone e ci dirigemmo al supermercato.

Non c'era quasi nessuno. Il negozio aveva pochissimi clienti e certo non era normale. Incontrammo l'inserviente delle borse all'entrata e gli dissi, "Stasera è davvero tranquilla."

"Sissignore, proprio così. Non so cosa sia successo, ma per tutto oggi non ci sono quasi stati clienti."

"Wow," dissi, o qualcosa di simile.

Michael e io prendemmo un carrello a testa e iniziammo a cercare Phyllis e i ragazzi. Quando passammo davanti al reparto succhi di frutta, Michael disse, "Pensi che dovremmo caricare anche questi?"

Annuii. "Male non possono farci, no? Non sappiamo quanto tempo dovremo restare alla baita, quindi prendiamoli!"

Michael iniziò a riempire il suo carrello ed io continuai a cercare Phyllis. Lei e i ragazzi erano a due corridoi di distanza, davanti al reparto delle zuppe in scatola.

"Papà!" Urlò Clarissa eccitata.

"Ciao papà!" Disse Keith. "Voi avete preso tutto quello di cui c'era bisogno?"

"Certamente, figliolo! Michael ha un furgone ed è pieno fino all'orlo! Ciao, tesoro," dissi a Phyllis. Le misi un braccio intorno alle spalle e la baciai.

"Ho sentito che ti sei fatto un nuovo amico," disse.

Annuii. "Verrà con noi, Phyl. Ci sarà sicuramente d'aiuto."

"Anche con le provviste." Poi a voce bassa, aggiunse, "È stato brutto?"

"Sì. Gli insetti hanno iniziato a muoversi dalla melma proprio appena abbiamo finito."

Lei scosse la testa, come per dire, "Incredibile."

"Sì, dobbiamo sbrigarci. Non voglio essere qui quando diventeranno più grandi," dissi.

Phyl aveva due carrelli. Uno era parzialmente pieno, mentre il carrello che portavano i ragazzi era stracarico di lattine di cibo, bottiglie d'acqua e scatolame come cracker e pasta che si sarebbero conservati per lungo tempo.

Aveva anche preso anche il latte in polvere e il latte condensato. Io non ci avevo pensato.

"Paul, dovremmo andare?" Chiese Phyllis, con la preoccupazione che le si leggeva in viso.

"No, abbiamo ancora tempo, ma sbrighiamoci."

Riempimmo il suo carrello ed il mio e ci incontrammo con Michael, che aveva riempito il suo carrello con i succhi di frutta ed altri beni non reperibili.

Quando arrivammo alle casse, solo due erano aperte. Una era occupata da una ragazza adolescente e l'altra da una donna di mezza età. Nessuna delle due era occupata, così noi andammo dalla ragazza e Michael andò dalla signora di mezz'età. I due inservienti iniziarono ad imbustare le nostre cose.

"Accidenti, ragazzi, ne avete comprata di roba!" Disse la nostra cassiera. La targhetta diceva che si chiamava "Teresa". "Non penso di aver mai passato tanta roba per un solo cliente prima d'ora!" Fece il totale della spesa e, mentre stavo pagando con la mia carta di credito, Clarissa mi diede una gomitata.

"Papà," mormorò.

"Che c'è, tesoro?"

"Guarda," sussurrò di nuovo Clarissa e indicò qualcosa dietro a lei.

Sulla luce sopra il banco-carne c'era uno degli insetti, ma era di un tipo diverso che non avevo mai visto prima.

Era alato. Lungo, imponente nell'aspetto, con membrane trasparenti che lasciavano vedere le vene sottostanti. Aveva una proboscide lunga e appuntita ed una lunga antenna partiva dal centro della testa. Gli occhi erano, per quanto potessi distinguere a quella distanza, di un nero intenso. La sua attenzione era attratta dalla carne all'interno del bancone. Mentre la guardavo, scese giù in mezzo alle confezioni e infilò la proboscide nei pacchetti. Era della taglia di un Jack Russel terrier.

"Oh merda," mormorai.

Phyllis mi sentì e anche Teresa.

"Che c'è, Paul?" Chiese Phyllis.

Mi misi un dito sulle labbra in quel gesto universalmente riconosciuto per stare zitti, poi indicai dietro a me.

Phyllis guardò per un momento, senza vederlo. Poi quello si mosse e attirò la sua attenzione. Lei impallidì.

"Paul," disse piano, "dobbiamo far scappare la gente via di qui... portarli con noi."

Calcolai lo spazio che avevamo e annuii. Avevamo posto.

Teresa si sporse per vedere cosa stavamo guardando. Quando lo vide, inspirò all'improvviso l'aria per urlare. Misi una mano sulla sua bocca e iniziai a sussurrare.

"Teresa, non urlare. Non so cosa attrae queste cose, ma non possiamo correre il rischio che un suono attiri la loro attenzione su di noi. Capisci?"

Teresa annuì. Mentre le parlavo, Phyllis catturò l'attenzione del ragazzo che imbustava e gli mostrò l'insetto gigante. Anche Michael lo vide e lo mostrò alla sua cassiera, "Milly" era il suo nome sulla targhetta. I ragazzi lo fecero notare all'altro ragazzo che imbustava.

"Adesso, ascoltate attentamente," dissi. "L'intera città sta venendo invasa progressivamente da questi insetti, l'hanno detto le news alla radio. Si stanno spostando verso ovest. Noi abbiamo una baita in montagna ed è lì che stiamo andando e anche Michael viene con noi. Vorremmo che veniste con noi, molto silenziosamente, perché quella cosa presto sarà raggiunta dai suoi simili. Dobbiamo andare, adesso. Mollate tutto e andiamo."

Teresa, Millie e il nostro ragazzo, Richie, annuirono ed iniziarono ad aiutarci a portare i carrelli. L'altro ragazzo, Tommy, non sembrava turbato.

"Io non ho paura di nessun insetto," disse spavaldamente, con tutta la boria che può mostrare un ragazzino di diciassette anni. "Ucciderò quella cazzo di cosa."

Mi fermai e spinsi gli altri ad andare avanti. Quando furono usciti dalla porta, mi voltai verso Tommy.

"Tommy, non ho idea di cosa possa fare quella cosa, ma penso davvero che dovresti riconsiderare i tuoi propositi, figliolo," dissi con calma. "Nessuno si fa male e ce ne andiamo tutti tranquilli, va bene? Forza, andiamo."

"Si fottesse! E si fotta anche lei, signore!" Tommy prese una scopa da un espositore davanti alle vetrine. Tolse la testa della spazzola e colpì il pavimento con il bastone. "Nessun dannato insetto mi può spaventare!"

Feci in tempo a vedere qualcosa che si muoveva in aria maledettamente veloce e l'insetto superò Tommy e sbatté contro la vetrina. Si raddrizzò e puntò di nuovo Tommy. Lui tirò la spazzola a quella cosa, ma la mancò.

Poi sentii un rumore che mi gelò. Sembrava fosse un alveare, ma pareva che il suono uscisse da un amplificatore. Era così alto che faceva vibrare il pavimento e veniva dal banco della carne.

"Tommy!" Urlai dal lato destro della vetrina. "Dobbiamo andarcene *subito*!" E sgattaiolai fuori dalla porta che si richiuse subito dietro di me.

Sentii Tommy urlare, "Non esiste!"

Mi guardai indietro, mentre correvo via e vidi tre di quelle cose volanti che giravano intorno a Tommy. Mi fermai, affascinato da quello che vedevo. Si muovevano in circolo intorno a lui, ronzando sempre più vicini alla sua testa. Tommy agitò in aria la scopa diverse volte, ma mancava sempre gli insetti. Alla fine, uno di loro gli volò abbastanza vicino da colpirgli la testa. Doveva averlo morso nel momento in cui l'aveva colpito, perché sangue copioso iniziò a zampillare dalla fronte. Sembrò meravigliato dal colpo e continuò ad agitare inutilmente la scopa. Un altro insetto, o forse lo stesso, lo colpì di nuovo e lo buttò a terra. L'insetto uscì dalla mia visuale, seguito dagli altri due. Non tornai indietro a guardare.

Mi affrettai a raggiungere il veicolo, scuotendo la testa lungo il percorso.

Teresa chiese timidamente, "Tommy sta arrivando?"

"No, Tommy non verrà," risposi.

Teresa iniziò a piangere silenziosamente.

Mettemmo tutto dentro i tre veicoli. Credo che non avremmo potuto infilarci niente altro, dopo aver finito. Così come eravamo messi, l'unica era stringersi nei veicoli, il sole cominciava a tramontare all'orizzonte.

Sentimmo tutti un grosso tonfo. Veniva dal McKelvie's ed era il suono di qualcosa che colpiva una delle vetrine. Ci girammo tutti a guardare e quello che vedemmo ci raggelò.

Non c'era uno spazio libero sulla vetrina all'interno del negozio. Gli insetti volanti la coprivano completamente, agitando le loro ali e cambiando posizione. Potevamo sentire battere e notai che una coppia di insetti stavano picchiando sul vetro con le loro acute proboscidi. Se avessero iniziato a battere tutti insieme, la vetrina avrebbe ceduto. In alternativa avrebbero potuto trovare la porta automatica e quello sarebbe stato anche peggio.

"Okay, è tempo di andare," dissi. Diedi le istruzioni. "Non prenderemo la superstrada, perché tanto sarà solo questione di tempo prima che si blocchi completamente. Prenderemo la 72 fino a Pine Valley, sulle montagne. Arriveremo alla baita da lì." Iniziai a salire nel SUV, poi mi voltai. "Dobbiamo fermarci a fare benzina. C'è un paese, Murray, a venti miglia dalla superstrada. Ci fermeremo lì."

Uno sguardo veloce al negozio di articoli sportivi di Michael ci disse ancora di più. La vetrina era coperta da striscianti della taglia di ratti.

Feci strada fuori dal parcheggio. Keith e Richie viaggiavano con me sul sedile di fronte. Phyllis ci seguiva subito dietro, guidando l'auto. Clarissa e Teresa erano con lei. Michael chiudeva la carovana, guidando il furgone, con Millie sul sedile del passeggero. Non avevamo preso altri veicoli perché già avremmo avuto difficoltà a trovare la benzina per tutti e tre i mezzi. Era quello e anche il fatto che nessuno voleva allontanarsi troppo dagli altri. Ci eravamo tutti scambiati i numeri di cellulare e Michael aveva portato delle radio portatili che aveva in magazzino. Ne avevamo una per uno e anche delle batterie di ricambio per tenerle sempre accese. Il loro raggio d'azione non era molto ampio, ma erano meglio di niente nel caso che i cellulari avessero smesso di funzionare.

Accendemmo la radio. La stazione delle news non trasmetteva, ma le altre stazioni sì. La storia era diventata grande abbastanza perché fosse attivato il Sistema di Allerta Emergenze.

"... e tutti i residenti sono pregati di rimanere in casa. Il Presidente ha ordinato che la Guardia Nazionale si attivasse in tutti e 50 gli Stati per provare a frenare l'avanzata degli insetti. Sembra ce ne siano diversi tipi di specie e non sono dei veri insetti. Queste creature hanno polmoni e sangue caldo. Gli scienziati sospettano che gli insetti siano arrivati sulla Terra, trovando un passaggio tramite una meteora, sebbene riscontrino grosse somiglianze agli insetti del Giurassico e di altri periodi preistorici. Gli scienziati del governo stanno codificando il loro DNA nello sforzo di scoprire..." Spensi la radio.

Notai che Richie aveva tirato fuori il cellulare.

"Richie, vuoi provare a chiamare i tuoi genitori o qualcun altro? Per far loro sapere che stai bene," chiesi.

Richie guardò fuori dal finestrino un momento, prima di rispondermi. "L'ho fatto. Entrambi i numeri hanno la segreteria." Si girò verso di me con le lacrime agli occhi. "Viviamo in uno dei sobborghi. Maple Meadows."

Era a quattro isolati da casa nostra.

"Forse erano al lavoro, Richie," dissi.

"Entrambi lavorano la sera, Signor Stiles. Non rientrano fino alle undici di sera."

Guardai la strada per il tempo di un paio di pulsazioni. "Mi spiace, figliolo."

"Grazie, signore, e grazie per averci salvato."

Guidammo in silenzio per alcuni minuti.

Keith disse, "Papà, è la fine del mondo?"

Sorrisi e dissi, "No, Keith."

"Ma che succede se gli insetti uccidono tutti?"

"Il mondo continuerà comunque. E poi, noi non siamo ancora morti e non lo saremo, se posso dire la mia in proposito."

Capitolo 4

C i fermammo a Murray per fare benzina. Il piccolo minimarket sembrava aperto e aveva le luci accese e le pompe funzionavano, ma non c'era nessuno all'interno... almeno nessuno che riuscissimo a vedere.

C'erano abbastanza pompe quindi parcheggiammo tutti sotto la tettoia illuminata. Phyllis mise benzina, Michael pure e Richie si occupò del nostro rifornimento. Io rimasi in piedi da una parte, a fare la guardia. Avevo il terrore che ci prendessero così, inermi, all'aperto.

"Riempite tutti i serbatoi fino all'orlo!" Dissi. "Non voglio fermarmi più fino a quando non arriviamo alla baita."

Mi pareva di stare predicando al coro. Tutti sapevano già di dover fare il pieno, era solo il mio nervosismo che me lo faceva ripetere.

Non posso spiegare quanto mi avessero messo ansia quegli insetti volanti. Da quando li avevamo visti, tutto quello a cui riuscivo a pensare era 'morte dall'alto'. Gli insetti striscianti erano una cosa, ma quelli volanti rappresentavano una serie di circostanze completamente differenti. Il sole era tramontato ed era sceso il crepuscolo. C'era abbastanza luce per tenere d'occhio il cielo e non vedevo insetti volanti.

La mia mente continuava a tornare su quello che aveva detto la radio sul fatto che quelle cose avessero polmoni e fossero a sangue caldo. Gli scienziati avevano detto che per anni la sola ragione per la quale gli insetti non erano diventati più grandi era proprio perché non avevano polmoni. Questi invece erano qualcosa che era stata alterata geneticamente in laboratorio e poi era scappata? O erano mutanti che erano rimasti nascosti fino a quando il loro numero non era cresciuto? Oppure, non importa quanto potesse sembrare eccentrico, davvero avevano preso un passaggio da una meteora e venivano da qualche luogo nello spazio?

Sembrava che nessuno lo sapesse di sicuro. Con il tempo, gli scienziati potevano codificare il loro DNA e farsi un'idea migliore di quello che erano, ma cosa potevamo fare noi nel frattempo?

Scossi la testa, cercando di scacciare simbolicamente quei pensieri. Avevo bisogno di concentrarmi sul qui e ora ed aiutare quelle otto persone a restare vive. Nella nostra situazione, non si trattava di vivere giorno per giorno o ora per ora, ma addirittura minuto per minuto.

"Abbiamo fatto il pieno, Paul!" Gridò Phyllis. "Dobbiamo entrare a prendere qualcosa?"

Avevamo tutti pagato con la carta alla pompa, quindi risposi, "No, se non c'è necessità di qualcosa."

Michael prese la parola, "Io mi farei una tazza di caffè."

"Anch'io." Aggiunse Millie.

Non appena mi girai, tutti volevano qualcosa da bere.

"Ok, qualcuno deve restare qui fuori e fare la guardia. Penso dovremmo essere o io o Michael," dissi.

"Tutto quello di cui ho bisogno è una grossa tazza di caffè nero," disse Michael. "Se me la porti qui fuori, resterò io di guardia."

Fummo d'accordo ed entrammo tutti nel minimarket.

Dentro non c'era nessuno. Era deserto, ma c'era una tv sul bancone e trasmetteva foto ed immagini dell'avanzata degli insetti. Ci fermammo tutti a guardare. Non c'era l'audio, ma non era necessario. C'erano creature che sembravano millepiedi, con grandi artigli tipo chele. Alcuni insetti sembravano un incrocio tra una zanzara e una papera, con lunghe proboscidi appuntite, uno sembrava uno scarafaggio dotato di ali piumate. C'erano video che mostravano la città straripante di creature e molti video provenivano dalle telecamere di sicurezza. Non c'erano servizi giornalistici, probabilmente perché sarebbe stato troppo pericoloso.

L'immagine cambiò, tornando al conduttore e Richie, trovato il telecomando, ripristinò l'audio del televisore.

"... e l'Esercito Santo Islamico in Iraq ha dichiarato che sono loro i responsabili del rilascio di questi mostri ibridi o come li chiamano loro, 'gli infedeli occidentali'. È stato suggerito che degli scienziati russi, sotto il controllo della mafia russa, hanno sviluppato le creature per soldi. Il governo iracheno nega ogni coinvolgimento e denuncia questa azione..."

"Basta," dissi. "Spegni Richie, per favore."

Lo fece.

"Beh, spiega da dove vengono," disse Phyllis. "Sono mutazioni genetiche, create da qualche russo pazzo, ma come hanno fatto a moltiplicarsi così rapidamente?"

"Non lo so e non mi interessa," risposi. "Prendiamo le nostre cose e usciamo da qui."

Nessuno obiettò su quel punto. Tutti scegliemmo qualcosa da bere e Millie prese il caffè per Michael. Alla cassa, Millie chiese, "Dovremmo pagare?"

Avevo 20 dollari nel portafoglio. Le tirai fuori e le misi sul registratore di cassa.

"È abbastanza per tutte le bevande," dissi. "Se nessuno è qui a riscuotere non è colpa nostra e non abbiamo fatto niente di male." Indicai le telecamere di sicurezza. "C'è la prova che abbiamo pagato, nel caso servisse."

Non appena lasciammo il minimarket, Michael ci fermò. "Ascoltate."

Ascoltammo. Non sentivano niente e lo dissi a Michael.

"Infatti. Niente. Niente traffico, niente cani che abbaiano, nessun rumore di gente di nessun tipo," disse Michael. "Non ti pare strano?"

Iniziai ad innervosirmi. "Decisamente. Andiamocene."

Mentre attraversavamo Murray, non vedemmo un singolo individuo o una sola auto. Nemmeno un cane, se è per questo.

LE COSE FURONO DIVERSE non appena arrivati a Pine Valley. La nostra piccola carovana era solo una delle tante. Sembrava che tutti, in un raggio di parecchie miglia, stessero passando da lì sulla strada della sperata salvezza, lontani dall'avanzata degli insetti. Il traffico era terribile, ma riuscimmo a restare uniti. Usai la radio per chiamare Phyllis e Michael e dissi, "L'uscita è due km e mezzo più avanti. Girate a destra sulla Route 16 che prosegue dritta verso le montagne. Faremo altre due svolte dopo quella. Cerchiamo di stare sempre uniti."

Sia Phyllis che Michael risposero affermativamente.

Guidavamo a passo d'uomo, ma non scoprimmo mai cos'era che più avanti causava quel rallentamento nel traffico, perché svoltammo sulla Route 16 prima di incontrare la causa. Iniziammo la salita. Le Montagne Rocciose sono assolutamente meravigliose, ma la notte era scura e riuscivamo a vedere solo quello che era illuminato dai nostri fari. Non incontrammo traffico a scendere dalla montagna.

Svoltammo una prima volta ed entrammo sulla Strada 8 della Contea. Avanzammo di quasi 4 km e poi svoltammo a sinistra sulla strada sterrata che portava alla nostra baita. Non c'erano linee elettriche lì, nessun palo del telefono che marciava verso nessun luogo e tutti i luoghi, sporcando il paesaggio. C'erano solo montagne, alberi e sottobosco. Sperammo che non ci fossero nemmeno gli insetti.

Quando girammo sull'ultima curva della strada sterrata, la baita si cominciò a vedere. Era una bella vista, una baita a due piani a tetto spiovente con ciottoli e rivestimenti in legno, tutti tagliati a mano dagli alberi della foresta lì intorno. Era stata costruita da mio nonno negli anni '30, prima che si cominciasse a vivere sulla montagna. Adesso avevamo dei vicini, comunque. Una coppia di donne condivideva un'altra baita solo un po' più su sulla strada. Vivevano lì tutto l'anno e noi eravamo sempre stati in buoni rapporti con loro. Badavano al luogo per noi quando non c'eravamo, quindi, naturalmente avevano le chiavi.

C'erano tre costruzioni. Una costruzione ospitava il pozzo e un'altra le batterie e il generatore che usavamo quando non c'era vento e il cielo era terso. Non lo usavo spesso, ma aveva un interruttore automatico che si accendeva se le batterie scendevano sotto un certo livello di carica. La terza costruzione conteneva un'ampia cella frigorifera. Le due pale eoliche, una al lato nord della baita e una sul lato sud, giravano grazie alla brezza che veniva giù dalla cima delle montagne. C'erano parecchi pannelli fotovoltaici rivolti a sud. Tra le pale eoliche e i pannelli fotovoltaici, dovevamo usare raramente il generatore.

La cella frigorifera fu costruita prima che nascessero i ragazzi. Phyllis e io decidemmo di spendere un week end di quattro giorni alla baita, anni fa, durante l'ultima settimana di settembre. Si era presa il venerdì e il lunedì successivo dal lavoro. Portammo abbastanza cibo per coprire il fine settimana. La notte della domenica, una neve precoce che sorprese tutti, ci intrappolò sulla montagna per tutta la settimana successiva. Riuscimmo a far durare il cibo fino a che non potemmo andarcene, ma l'estate successiva, comprammo la cella frigorifera, la facemmo consegnare alla baita e ci costruimmo un edificio sicuro intorno e un pavimento in cemento. La rifornimmo completamente e rinnovavamo la scorta ogni anno. Era la sola cosa, lì alla baita, che rimaneva in funzione tutto l'anno. Quella e il congelatore nella baita.

Parcheggiammo i veicoli uno di fianco all'altro, più vicini possibile al portico. Saltammo giù e ci stirammo per stendere i muscoli e ascoltare i suoni della notte.

Il suono normale della brezza che scendeva dalla montagna e le pale che giravano al vento erano i due suoni principali. Non sentivamo nessun insetto e nessun suono normale di animali dalla foresta giungeva alle nostre orecchie. Poteva essere un bene o un male.

La mancanza del rumore di insetti mi disturbava, mi faceva venire la pelle d'oca.

Quando finimmo di stirarci, gemendo, sciogliendo i nostri corpi dolenti, Michael disse, "Cosa scarichiamo per primo?"

"Ancora niente," dissi.

"C'è qualcosa che non va, Paul?" Chiese Michael.

Alzai le spalle. "Dobbiamo prima controllare tutto. Andiamo, tu ed io. Partiremo prima dai fabbricati."

"Sei tu il capo."

Prendemmo un fucile a testa. Anche Richie chiese di averne uno. Glielo diedi. Iniziò a venire con noi ed io lo fermai e lo presi da una parte.

"Richie, ho bisogno che tu resti qui, per favore."

"Perché, Mr Stiles?" Chiese. "Me la cavo bene come voi con uno di questi."

"Non ho dubbi al proposito, figliolo," sottolineai. "Guarda là. Tre donne e due bambini. Phyllis può usare una pistola come me, ma ha bisogno di aiuto. Io ho Michael. Phyllis ha te. Ho bisogno che tu stia con loro e la aiuti a proteggere il gruppo. Capito?"

Seguì la mia linea di ragionamento e arrivò alla stessa conclusione. "Ha ragione, signore. Devo dire che è uno sveglio per essere uno scrittore!"

"Ecco perché ci dicono che abbiamo la Sindrome del Fiocco di Neve[3], Richie," risposi.

Raggiungemmo Michael e dissi, "Michael, Richie resterà con il gruppo. Aiuterà Phyllis a tenere tutti al sicuro."

Michael, con un cenno d'assenso, capì al volo. "Bene. Una cosa in meno di cui ci dovremo preoccupare noi, se ci pensa Richie." Guardò il ragazzo. "Non puntare a niente a cui tu non intenda realmente sparare e non sparare a niente o nessuno che tu non intenda realmente uccidere. Te la caverai, ragazzo?"

Richie annuì, tenendo il fucile davanti a sé, con l'impugnatura in alto. "Sissignore!"

Andai da Phyllis. "Andiamo a controllare i prefabbricati e poi la baita. Richie resterà qui con te."

Phyllis mi guardò negli occhi. "Sta attento, Paul Stiles."

"Stai attenta anche tu, Phyllis Stiles."

La baciai velocemente sulle labbra e mi diressi verso l'edificio con il generatore. Avevo le chiavi del lucchetto, quindi lo aprii e al mio 'tre', spalancammo la porta. Non c'era niente lì, che non avrebbe dovuto esserci.

Ci spostammo all'edificio con il pozzo e ripetemmo la scena. Niente.

Ci spostammo all'edificio più solido, nel quale c'era la cella frigorifera. Controllammo l'interno. Niente.

Era il momento di controllare la baita. Per qualche motivo che non riuscivo a capire, ero nervoso. Avevo la pelle d'oca. Proprio in quel momento, il mio cellulare squillò.

Durante i mesi caldi, c'era campo su alla baita. Una delle compagnie telefoniche aveva affittato del terreno sulla montagna e costruito lì un ripetitore. Anche quello era alimentato da generatori e pannelli fotovoltaici per garantirne il funzionamento. Ma quando cadeva la neve, si spegneva tutto.

Quindi c'era campo. Feci un balzo quando suonò, perché mi spaventò.

Guardai il numero, ma non lo riconobbi. Risposi.

"Pronto?" Dissi.

"Stiles? Paul Stiles?" Disse una voce dall'altra parte.

"Sono io," risposi.

"Sono Bobby Barnes. È ancora valida la tua offerta per la baita?"

Era il poliziotto che avevo incontrato quella mattina. Doveva essere scappato anche lui dalla città.

"Puoi scommetterci, Bobby! Dove sei?"

"Abbiamo appena svoltato sulla 16."

"Abbiamo?" Chiesi.

Bobby rise. "Sì, mi sono caricato qualche disperso lungo la strada. Non crederai mai a cosa porta uno di loro! Ci potrebbe essere di grande aiuto!"

"Sei solo a qualche minuto da qui, Bobby. Sali sulla montagna e vedremo di cosa si tratta. Che ne dici?"

"Suona bene. Stiamo arrivando!"

"Ehi, Bobby, cerca mia moglie Phyllis. Anche noi abbiamo raccolto un po' di gente e due di noi stanno controllando la baita. Sai, per assicurarci che sia sicura."

"Stiamo arrivando, Paul! Aspettateci!"

Attaccai e dissi a Michael, "Devo parlare con Phyl. Vieni con me. Devi sentire quello che ho da dirle."

Mi misi il gruppo intorno e dissi, "La telefonata era del poliziotto che mi ha aiutato stamattina. L'ho invitato qui e gli ho dato le indicazioni per raggiungerci. Ha appena svoltato sulla 16 e dovrebbe essere qui tra qualche minuto. Ha detto che ha caricato alcune persone lungo la strada e gli ho detto che andava bene." Guardai Phyl. "Gli ho detto di cercarti, perché Michael e io avremmo controllato la baita."

"Dove vuoi che parcheggino?"

"Vicino alla baita. Più vicino possibile."

Phyl annuì e mi voltai verso Michael.

"Pronto?"

"Come mai prima," disse lui.

"Andiamo."

Ci dirigemmo agli scalini del portico. Li salimmo e ci fermammo sul tappetino di benvenuto fuori alla porta d'ingresso. Provai la maniglia prima di aprire la serratura. È un'abitudine che ho e di cui non riesco a liberarmi. Lo so perché ci ho provato.

La porta d'ingresso non era chiusa a chiave.

Di solito questo non avrebbe significato niente e non mi avrebbe disturbato. Forse significava solo che Susan e Cheryl, le nostre vicine più su sulla montagna, erano scese per controllare e avevano dimenticato di chiudere a chiave quando se ne erano andate. Ma per qualche motivo, stavolta la cosa mi dava fastidio. Ma proprio *tanto* fastidio.

Scambiai un'occhiata con Michael e dissi piano, "Sii pronto a tutto, amico."

Annuì.

Entrammo. Avevano entrambi un fucile di quelli del tipo che fa più danni a breve raggio. Michael andò a sinistra e io a destra e controllammo il soggiorno.

Niente fuori posto. Feci cenno a Michael e in silenzio iniziammo a farci strada attraverso il piano. Era una baita grande, con un soggiorno open space ampio, una sala da pranzo e una cucina. Un breve corridoio portava ad uno studio che io e Phyl usavamo come ufficio, il bagno a piano terra e la camera padronale. Dato che la maggior parte del soggiorno, camera da pranzo e cucina erano spazi aperti, potevamo vedere alla fioca luce che era tutto libero. Tutto sembrava intatto.

Ci dirigemmo al corridoio. La prima porta che incontrammo era un armadio. Non c'era niente nascosto all'interno, eccetto vestiti e cianfrusaglie che avevo ammucchiato lì negli anni. La porta successiva era il bagno. Spalancammo la porta e restammo entrambi gelati per un momento.

Nella vasca c'era Cheryl, una delle due vicine. Era totalmente fuori di testa e i suoi occhi erano bianchi. Vuoti.

Michael ed io alzammo i fucili e li puntammo nella sua direzione. La sua bocca si muoveva, ma non ne usciva parola. Dopo aver visto la stessa scena con Ralph la mattina, sapevo bene cosa significasse.

Accesi la luce. Cheryl ancora non aveva vomitato, ma c'era vicina.

"Michael, dobbiamo portarla fuori da questa casa. *Subito*!" Sussurrai con urgenza. "Sta per vomitare gli insetti!"

"Non sembra che camminerà per conto suo, anche se le dici di farlo," disse Michael.

Inclinai la testa e ci pensai. "Sai, ce la farebbe, se la guidassimo." Feci una pausa. "Se ci sbrighiamo."

"Non ho intenzione di toccarla."

"Nemmeno io."

"Che facciamo?"

"Le prendiamo una mano per uno e la portiamo fuori dalla baita."

"Non la toccherò, Paul!"

"Aspetta, aspetta... Ci sono! Torno subito!"

Lasciai il bagno e andai all'armadio. Rovistai in giro, ero abbastanza sicuro di ricordare correttamente e trovai due spesse paia di guanti da neve. Li presi e li riportai in bagno. Ne diedi un paio a Michael.

"Ora," gli dissi. "Le prenderemo le mani e la porteremo fuori."

Ci avvicinammo a Cheryl, entrambi porgendole una mano.

"Ciao Cheryl," dissi gentilmente.

La sua testa si voltò verso di me, quando pronunciai il suo nome, e quegli occhi vuoti guardarono nella mia direzione da dentro quel corpo posseduto.

"Sono Paul. Questo brav'uomo con me si chiama Michael. Ci piacerebbe venissi fuori con noi. Puoi prendere le nostre mani? Ti aiuteremo noi."

Lei sollevò le mani, ma potevamo vedere che le costava un grande sforzo. L'afferrammo e letteralmente la mettemmo in piedi.

"Okay, Cheryl, puoi alzare la tua gamba sinistra oltre il lato della vasca?" Chiesi.

Cheryl alzò la gamba, abbastanza in alto da toccarsi il petto con il ginocchio. La mise al di là della vasca e la appoggiò sul pavimento.

"Grande, tesoro, ora l'altra gamba," dissi gentilmente.

Mise l'altra gamba fuori dalla vasca e io e Michael cominciammo a camminare con lei verso l'esterno.

Riuscivo a sentire vari rumori di motori fuori, che risalivano la strada e parcheggiavano sull'erba. Un motore sembrava un diesel di un camion e faceva fatica ad inerpicarsi per la strada di montagna.

Lentamente, molto lentamente, conducemmo Cheryl attraverso il soggiorno, dicendole parole di incoraggiamento, come, "Brava ragazza" oppure "Ci siamo quasi, non fermarti ora", usate come mantra che cantavo alla mia vicina, sperando e pregando di riuscire a portarla fuori prima che vomitasse il suo carico di striscianti.

Apparve una figura alla porta d'ingresso. Era Bobby, che vestiva ancora l'uniforme della polizia. Aveva estratto la pistola e la teneva con entrambe le mani con la canna puntata verso di noi.

"Ciao Bobby," dissi piano.

Gli occhi di Bobby ci guardarono e videro che portavamo Cheryl.

"Bobby, ti ricordi Ralph? Il mio vicino? Beh, questa è Cheryl. Vive un po' più su, sulle montagna," dissi. "Sembra avere qualcosa in comune con Ralph e direi che ci rimangono solo un paio di minuti."

Gli occhi di Bobby si spalancarono e poi annuì. "Capito, Paul. Mi assicurerò che siano tutti a distanza. Vuoi portarla in qualche posto in particolare?"

"Solo fuori."

Bobby disse, "Ho qualcosa che potrebbe aiutarci, se non sei schifiltoso. Vado a prenderla."

"In questo momento, mi è gradito tutto l'aiuto che può darmi, Sergente Barnes," dissi, non senza ironia.

"Vedremo," disse con un sorriso. Poi se ne andò.

"Simpatico il tipo," disse Michael. "È venuto al negozio un paio di volte, cercando delle pistole."

"È lui che mi ha raccontato quasi tutto quello che so sugli insetti, questa mattina," dissi. "È stato il primo poliziotto sulla scena, quando Ralph ha vomi... uhm, è passato a trovarmi." Dissi quest'ultima parte giusto in caso che Cheryl fosse ancora abbastanza cosciente da capire quello che dicevo. Sapevo che capiva i concetti più semplici, ma non volevo farle capire che era quasi arrivata la sua ora.

La facemmo uscire dalla porta, fin sul portico. Scesi gli ultimi scalini, mi guardai intorno per cercare Bobby. Stava in piedi da una parte, a circa 5 metri dalla baita. Teneva quello che sembrava un grande pacco legato con delle cinghie dietro alla schiena, con attaccata una lunga pompa.

"Portala qui, Paul," disse Bobby.

"Cos'è quella roba sulla tua schiena, Bobby?" Chiesi.

"È un lanciafiamme."

Spalancai gli occhi non appena capii cosa aveva intenzione di fare.

"Bobby, è ancora viva! Non puoi essere serio!" Gridai.

"Paul, lo sai quanto me che è già morta! Hai visto il tuo vicino questa mattina. Una volta che ha vomitato fuori le viscere, si raggomitolerà e morirà!"

"Questo non significa che puoi bruciarla viva!"

"Posso e lo farò!" Bobby mi gridò di rimando.

Michael aveva già lasciato andare la mano di Cheryl e aveva indietreggiato.

Stavo per gridare di nuovo contro Bobby, quando Cheryl aprì la bocca e disse, "Glrk-k-k..."

Sapevo che significava. Le lasciai la mano, saltai via, urlando, "Vai Bobby!"

Quando Cheryl si chinò per vomitare, le fiamme di Bobby la colpirono. Cheryl stava ancora chinata, ma le fiamme le avvolgevano tutto il corpo, bruciandolo in un inferno crepitante.

Non fece mai un suono.

Bobby la colpì di nuovo con le fiamme e bruciò anche il terreno attorno a lei. Non voleva lasciarle nessuna possibilità e non posso dire di poterlo biasimare. La mia testa mi diceva che aveva ragione. Era il mio cuore che trovava difficile accettare quello che andava fatto.

Per qualche minuto, l'unico suono che si sentì fu il crepitare delle fiamme e il singhiozzare sommesso di mia moglie.

Guardai Bobby e Michael. "Pronti?"

Entrambi sembravano sorpresi.

Michael disse, "Pronti per cosa?"

"Dobbiamo accertarci che il resto della baita sia sicuro. Poi, dovremo trovare Susan. È l'altra vicina."

IL RESTO DELLA BAITA era libero. Nessuna creatura e niente Susan.

Bobby aveva portato con sé delle persone. Un ragazzo guidava una betoniera. Un auto-articolato a 18 ruote con un carico di tronchi era guidato da una signora. Un altro ragazzo guidava un'autobotte enorme. Piena di benzina.

Anche Bobby aveva portato un caravan con dieci persone e un furgone per le consegne con altre dieci anime. Si trattava di un furgone per la consegna del latte. Ci sarebbero stati latticini in abbondanza per tutti per un po' di giorni, ma il latte andava a male velocemente.

Bobby ci raccontò che le cose in città si erano messe davvero male prima che lui se ne andasse. Le creature erano dovunque e sembrava che nessuno fosse al sicuro.

Gli insetti potevano entrare praticamente dappertutto.

Bobby aveva preso tre lanciafiamme dalla Guardia Nazionale, fuggendo dai sobborghi della città. La Guardia Nazionale era stata richiamata, ma troppo tardi perché qualcuno dei membri riuscisse a fuggire. Bobby si era servito da sé dall'arsenale rimasto incustodito, con l'aiuto di qualcuna delle persone che si era portato dietro. Aveva guidato l'auto di servizio e l'avevano caricata di granate, lanciamissili, mitragliatrici e un bel po' di munizioni.

Il giovane partner di Bobby non ce l'aveva fatta.

Li avevano chiamati in un altro luogo infestato, ma questo era in piena espansione. Era un covo di quelle creature millepiedi, con quelle lunghe tenaglie ad artigli. Avevano catturato il giovane agente con due chele e quando le avevano chiuse, lo avevano tagliato in due, per poi mangiarsi i pezzi.

Era stato quell'episodio a convincere Bobby che era tempo di filarsela. Morire in servizio era una cosa ed era anche preparato all'evenienza, come se questo potesse fare la differenza. Contro questi insetti invasori, la sua morte avrebbe solo significato un bocconcino per delle grosse creature.

Il ragazzo che guidava la betoniera era il fratello di Bobby, Billy. Il resto delle persone veniva da un ristorante proprio fuori città. Bobby aveva spiegato loro cosa stava succedendo e li aveva invitati a scappare con lui. Era arrivato con un'idea per la legna, il cemento e la benzina, che mi disse mi avrebbe spiegato più tardi.

Stavamo per dirigerci alla baita di Susa per scoprire cose le era successo e se Cheryl era stata anche lì. La nostra preghiera silente era che Susan stesse bene.

Tenni il gruppo unito e, a rischio di sembrare uno stronzo, ricordai a tutti che la baita apparteneva a Phyllis e a me. Le cose più importanti che andavano chiarite tra noi e gli altri furono infine dette. Non credevo fosse necessario ricordare loro qual era l'alternativa disponibile nel caso in cui avessero scelto di ignorare quella regola base. Lasciai Phyllis al comando ed io, Michael, Bobby e Richie andammo a controllare l'altra baita.

Ci assicurammo che quelli che erano rimasti avessero delle armi, cariche e pronte. Dissi a Phyllis di tenerli tutti pronti a scaricare i veicoli e di pensare a come sistemarli per la notte.

Noi quattro iniziammo la salita sulla montagna.

Capitolo 5

Non fu una lunga camminata. Meno di 400 metri, ma tutti in salita. Salita ripida, buia e rocciosa.

Quando arrivammo alla piccola baita intima che Cheryl e Susan condividevano, vedemmo una luce accesa a una finestra del primo piano. Alzai la mia mano, indicando che avremmo dovuto fermarci tutti quanti... nessuno di noi aveva abbastanza fiato per dirlo. Eravamo in piedi nel cortile di fronte alla baita, inspirando aria nei polmoni.

Tutti, eccetto Richie. Spaccone.

Finalmente, ricominciai a respirare normalmente. Dissi, "Aspettate un minuto. Fatemi provare una cosa." Gli altri tre annuirono. Gridai, "Susan! Susan, sei lì?"

Le tende della finestra del primo piano si mossero e poi apparve il viso di Susan. Aprì la finestra e gridò, "Paul? Sei tu?"

"Sono io, Susan. Puoi scendere?"

"Dammi un minuto e sarò lì," disse e chiuse la finestra.

La baita che Cheryl e Susan condividevano era solo un po' più grande della nostra. Aveva un fabbricato in più esterno, numerosi pannelli fotovoltaici e una pala eolica in più. A quelle signore piacevano le comodità elettriche.

Avevano parlato di sposarsi presto, dato che le leggi che lo proibivano erano state da poco revocate. Non ero entusiasta di dirle di Cheryl.

La luce del portico improvvisamente si accese e la porta ingresso si aprì. Susan uscì sul portico vestita di jeans, stivali e una camicia di flanella. I suoi lunghi capelli biondi erano legati a coda di cavallo. Aveva circa quarant'anni, ma sembrava averne poco meno di 30. Era una donna bellissima.

Susan era anche una donna preoccupata.

"Oh, Paul, non so da dove vieni, ma puoi aiutarmi? Cheryl è andata in città a fare spese questa mattina presto. Io sono andata a fare una camminata questo pomeriggio e sono tornata verso il tramonto. La jeep di Cheryl era parcheggiata in garage, ma lei non la trovo da nessuna parte. E poi c'è questa questione degli insetti che riempie le news su tutti i canali satellitari e io sono terribilmente preoccupata per lei! Non è che l'hai vista?"

Eccola là. Avete idea di quanto sia duro spezzare il cuore di qualcuno, così come io stavo per fare con Susan? Non potevo chiedere a nessun altro di farlo. Lei era la mia amica, la mia vicina di casa e quindi dovevo farlo io.

Presi entrambe le sue mani nelle mie e la guardai direttamente negli occhi. "Sì, Susan. L'ho vista."

Uno sguardo di sollievo illuminò il suo viso. "Oh, grazie a Dio!" Disse. "Dove l'hai vista, Paul?"

Esitai. "È giù da me, Susan. L'ho trovata nella vasca da bagno."

Lei sembrò confusa. "Nella tua vasca da bagno? Che cosa stava facendo a casa tua? Che cosa c'è che non va con la *nostra* vasca da bagno?"

Alzai lo sguardo su Michael, poi su Richie, poi su Bobby. Distolsero tutti lo sguardo, quando mi rivolsi a loro. "Susan, quanto... ehm, cosa... che cosa sai di questi insetti?"

Con uno sguardo confuso disse, "So che hanno invaso la maggior parte della parte orientale del Paese. Sono in tutta Europa, Canada, Sudamerica e parti di Russia e Cina. Sono stati visti anche in Israele ed Egitto. Sono mutati geneticamente e sono stati diffusi da un gruppo islamico di pazzoidi."

Ero scioccato. Non avevo capito che fosse una cosa che riguardava il mondo intero. Era spaventoso.

"Cos'altro, Susan?"

"Si sono fermati alla base delle montagne rocciose e di altre aree montane. Sembra che per loro sia troppo freddo lì in alto."

"Che cosa sai delle infezioni che colpiscono la gente?"

"Beh, nessuno sa come siano iniziate le infezioni, ma dicono che quando una persona è infetta, perda il controllo dei centri cognitivi e gli occhi si tramutano in orbite bianche che sembrano vuote, come se non ci fosse nessuno all'interno. Dicono che la causa siano le uova che depositano e che mangiano parti del cervello, del cuore e di altri organi. Proprio prima di morire, le vittime vomitano sangue, insetti ed altre uova e poi loro..." si interruppe bruscamente. Stava guardando il mio viso e doveva averci letto qualcosa. La verità su Cheryl. "Oddio," disse con voce flebile. "Paul, no, non Cheryl, per favore, Dio no, Non lei. Non la mia dolce Cheryl."

Le tenni strette le mani e annuii.

Susan si aggrappò a me, nascondendo il suo viso nella mia spalla e iniziando a piangere forte. Piangeva come se le fosse stata rubata l'anima. O forse, la sua anima gemella. I suoi singhiozzi erano forti e venivano dalla parte più profonda di lei. La tenni stretta più che potevo e le accarezzai i capelli per calmarla, per confortarla ed aiutarla nella sua sofferenza.

Michael, Richie e Bobby stavano lì in piedi, in silenzio, guardando dappertutto e da nessuna parte, sentendosi ovviamente imbarazzati nell'essere testimoni della terribile sofferenza di quella povera donna e sentendosi inutili, non sapendo come poterla confortare.

Dopo aver lasciato Susan piangere per un po', non potei ignorare la sensazione che dovevamo subito tornare indietro. Che dovevamo iniziare a fortificare, perché la montagna non avrebbe firmato quegli insetti per sempre. Spostai Susan di qualche centimetro da me, così da poterle guardare il viso e parlare. I suoi occhi erano gonfi e rossi e il viso era bagnato dalle lacrime.

"Susan," dissi gentilmente. "Devi venire con noi, giù alla mia baita. Non posso lasciarti qui sopra da sola e non possiamo difendere entrambe le baite come possiamo difenderne una."

"No," pianse disperata. "Io proprio non posso andarmene, Paul. La sua anima è qui! I suoi ricordi sono qui! Oh, mio Dio, il suo odore è probabilmente ancora sul suo cuscino! Cosa farò senza di lei?" Iniziò a piangere in quel modo struggente di nuovo.

"Susan. Susan, ti prego. Non voglio perdere anche te. Per favore, vieni con noi. Phyllis sarà contenta di vederti e così i ragazzi. Per favore."

Dopo un paio ancora di singhiozzi, finalmente Susan annuì. "Devo prendere alcune cose prima. Va bene, Paul?"

"Certo, tesoro. Ti aspetteremo, qui."

Annuì e lentamente tornò nella casa. Una volta che ebbe chiuso gentilmente la porta d'ingresso dietro a sé, io mi girai verso gli altri.

"Signori," dissi piano, "è stata la cosa più difficile che abbia mai fatto in vita mia."

Bobby si avvicinò e mi mise una mano sulla spalla. "Paul, io l'ho dovuto fare molte volte come poliziotto e non diventa mai più semplice."

Ci sedemmo tutti, chi sugli scalini del portico, chi sui sedili di roccia che lo decoravano. La mia mente era un turbinio di immagini, che si rincorrevano a una velocità pazzesca. Susan e Cheryl nella nostra baita per un picnic, Ralph che vomitava sangue e insetti striscianti, la fuga dalla città, il portare fuori Cheryl dalla baita prima che vomitasse, essere grato per avere ancora mia moglie e i miei figli... tutti flash che mi attraversavano la testa.

Non posso giurare cosa stessero pensando gli altri, ma credo le stesse cose. Avevano tutti gli sguardi vuoti sul viso e fissavano posti non ben identificati.

Lo sparo ci fece saltare tutti, strappandoci ai nostri pensieri.

Veniva dall'interno della baita.

Se i miei occhi erano spalancati come quelli degli altri tre, dovevo sembrare molto sorpreso. Facendo strada, entrammo tutti nella baita.

"Susan!" Gridai. "Susan!" Quando non ci fu risposta, dissi agli altri, "Guardatevi intorno! Io guarderò al piano di sopra!"

Salii i gradini a due a due, correndo. Spalancai la porta della camera da letto padronale.

Vidi Susan.

Era seduta sul letto, singhiozzando piano, con le mani sul viso. Una pistola era sul pavimento ai suoi piedi.

Il sollievo che sentii, mi fece cedere le gambe e quasi caddi.

"Non ci sono riuscita," sussurrò Susan. "Ho tenuto la pistola sulla fronte e ho premuto il grilletto, ma qualcosa mi ha fatto spostare la canna lontano dalla testa. Non ce l'ho fatta." Tornò a sprofondare il viso nelle mani e iniziò di nuovo a piangere sommessamente.

Mi avvicinai a lei e mi chinai per raccogliere la pistola. La infilai nella mia cintura. Mi sedetti affianco alla donna e la avvicinai a me.

"Susan, per favore non farlo più," sussurrai. "Cheryl non avrebbe voluto che tu sprecarsi la tua vita proprio quando la maggior parte di noi ha bisogno di te."

Ci dondolammo avanti e indietro, abbracciati, fino a che Michael e Bobby non apparvero sulla porta. Feci loro un segno e misi in piedi Susan.

"Andiamo, tesoro," dissi gentilmente. "Ti aiuto a fare le valigie."

Non riusciva ad alzare gli occhi dal pavimento, ma annuì e mi prese per mano. Dopo qualche minuto, la sua roba era pronta.

Ci dirigemmo di nuovo giù per la montagna.

PHYLLIS AVEVA ORGANIZZATO le cose in maniera egregia quando tornammo alla baita. Aveva creato una fila che si passava il latte e i latticini dal furgone alla cella frigorifera. C'erano anche il burro e i gelati. Il latte era stato messo sul pavimento, visto che tutto il resto dello spazio disponibile era stato riempito. I frigo portatili che Michael e io avevamo caricato, erano stati anch'essi riempiti.

Phyl ci vide e lasciò il comando a Millie per venire verso di noi. Abbracciò Susan e la portò via. Phyl mi sorrise voltandosi e io le sorrisi di rimando.

Richie si mise cercare Teresa.

Con i nuovi arrivati, c'erano altri due ragazzini, che insieme a Keith e Clarissa se ne stavano raggruppati sulle scale del portico.

"Beh, direi che questo si potrebbe benissimo definire come il giorno più stressante di tutti i tempi," dissi.

"Puoi dirlo forte, Paul," fu d'accordo Bobby.

"Avete sentito quello che ci ha detto Susan? Queste creature sono in tutto il mondo?" Chiese Bobby.

"In questo periodo dell'anno, la temperatura media notturna è intorno ai 5°. Penso di aver letto da qualche parte che i normali insetti non riescono a muoversi molto in temperature così basse. Forse è quello che li tiene lontani dalle montagne," dissi.

"Beh, per adesso è una buona notizia," disse Bobby. "Ma cosa succederà quando il sole sorgerà e le temperature diverranno più calde?"

"Faremo quello che sarà necessario, penso,» risposi. "Nel frattempo, Bobby, tu hai detto di avere un'idea che riguarda tutta la roba che hai portato. Qual è questa idea?"

"Costruiremo un fossato," rispose Bobby.

"Un fossato?" Chiese Michael.

"Sì! Non ci ero ancora arrivato," dissi.

"Ecco, vi faccio vedere. Lasciatemi... oh, ce n'è uno buono," disse Bobby. Fece qualche passo e raccolse un bastone. "Venite, fatemi luce qui." Fece strada sull'area direttamente davanti ai fari del furgone del latte e si chinò. Usò il bastone per disegnare un cerchio. "Ok, Paul, questo è un cerchio che circonda il nostro piccolo rifugio, qui. Se ci mettiamo tutti a scavare una trincea abbastanza grande tutto intorno all'area, potremmo poi puntellarne i lati con la legna, la trincea dev'essere abbastanza profonda, di circa 30 cm suppergiù, e poi ci metteremo dentro i pali a forma di V. In questo modo avremo stabilizzato il punto più basso e a quel punto potremo versarci dentro il cemento. Il cemento si indurirà, creando un fossato tutto intorno alla baita e ai prefabbricati."

"Grande idea Bobby, ma a che cosa servirebbe? Potremmo riempirlo d'acqua, ma comunque non fermerebbe gli insetti che camminano... che volano...," dissi.

Bobby scosse la testa e rise. "Non lo riempiremo con l'acqua, Paul."

"Lo riempiremo con la benzina!" Disse Michael, come se fosse l'unica conclusione logica.

Bobby sorrise e indicò Michael. "Bingo! Lo riempiremo con la benzina quando sapremo che stanno arrivando gli insetti. Poi, tutto quello che ci servirà sarà un piccolo fiammifero e *puf*! Avremo una barriera che quegli insetti non potranno attraversare."

Ci pensai. Era un buon piano. Almeno a grandi linee.

"E che cosa facciamo con gli insetti che sanno volare?" Chiesi. "Non voleranno al di sopra della trincea?"

"Sicuro," disse Bobby. "Ma per loro abbiamo il lanciafiamme e anche se la benzina su di loro bruciasse lentamente, potremmo fabbricare qualcosa, sempre con la benzina, che crei una scintilla. Tipo una pietra focaia qualcosa del genere."

Ci pensai. Non male. Per niente male. E avevamo qualcosa che poteva tenere impegnati tutti. Qualcosa per cui lavorare e che ci avrebbe protetto tutti. Annuii, lentamente all'inizio e poi più convintamente. "Bel piano, Bobby. Inizieremo domani. E dovremmo finire presto o il cemento si indurirà all'interno della betoniera e non ci servirà più a niente. O peggio, il terreno si ghiaccerà. Si, sarà domani. Lo diremo a tutti più tardi. Spero solo di avere abbastanza strumenti per spalare."

Bobby sorrise. "Ho pensato anche a quello." Indicò il veicolo della polizia. "Dentro ci sono cinque picconi e cinque pale, insieme a mazzette, martelli, chiodi e anche un grande rotolo di plastica nera spessa, quello che in genere viene usato per sagomare. Lo possiamo usare per allineare i pali e anche per tenere il cemento a posto mentre si solidifica."

"Mi stai impressionando, Signor Agente di Polizia,".

"Proteggere e servire, Paul. Proteggere e servire."

Michael chiese, "Quando abbiamo intenzione di dirlo agli altri?"

Alzai le spalle. "Perché non adesso?"

Sia Michael che Bobby furono d'accordo.

Mi alzai e chiamai tutti a raggiungerci. Arrivarono tutti e si misero in piedi in un circolo improvvisato intorno a noi tre.

"Bobby, qui, è venuto con un'idea per offrirci più protezione per questo posto contro gli insetti. Ora ve la spiegherà lui stesso."

Bobby spiegò il piano a tutti e chiese se c'erano domande. Non ce n'erano.

Io gli subentrai.◈"Allora, inizieremo questo progetto domani mattina, come prima cosa. Organizzeremo anche dei turni di guardia a rotazione, per tenere d'occhio gli insetti."

Ben, uno degli uomini che era venuto con l'autoarticolato, disse, "Ehi, chi è che ti ha nominato capo, qui?"

Tutte le voci del gruppo si ridussero al silenzio. Tutti mi stavano guardando, perché

ero io quello che era stato sfidato.

Ah! Sfidato! Già!

Piano, dissi, "Io. È la mia baita, Ben."

"*È la mia baita, Ben*," disse, con tono canzonatorio. "Beh, a me non va proprio di stare a scavare nella tua proprietà, *Paul*, e quindi non penso che lo farò. Che cosa hai intenzione di fare in proposito?" Ben stava in piedi, con le mani sui fianchi, il petto all'infuori, giocando a fare il Cazzone Più Tosto Del Mondo.

Ero sorpreso di quanto riuscivo a rimanere calmo. Mi avvicinai all'uomo e lo guardai negli occhi. "Allora, scendi dalla montagna."

Ben si chinò fino a sfiorarmi il naso di qualche centimetro, poi disse, "Costringimi tu."

Non aveva notato che il mio fucile era puntato su di lui. Il clic, quando tolsi la sicura, risuonò alto nel cortile.

"Dammi retta. Puoi andartene sui tuoi piedi o ti ci possiamo portare noi," dissi. "Non rischierò le vite di queste persone, per essere carino con te."

Alla luce dei fari, potevo vedere una riga di sudore nervoso che gli imperlava la fronte. Era sbiancato. Lentamente, molto lentamente, Ben si raddrizzò, lontano dal mio viso. La canna del mio fucile lo seguì.

Alzai la voce. "Questo vale per tutti! In questo posto non vige la democrazia, questa è la baita della mia famiglia! Io sono più che felice di fornirvi posto per dormire e per mangiare, ma la sicurezza deve essere una preoccupazione per tutti e io su questo ho la parola finale. Come alcuni dei vostri genitori possono avervi raccontato quando eravate adolescenti, se siete sotto il mio tetto, dovete rispettare le mie regole. Se per voi è troppo, allora la strada laggiù, vi può portare da qualche altra parte."

Feci una pausa per enfatizzare le mie parole. "Tutti, intendo anche me, mia moglie e i miei figli, faremo i turni a scavare, a fare la guardia e a costruire questa trincea domani mattina, a cominciare dalle 7." Mi girai verso Ben e gli rivolsi uno sguardo severo. "Quando dico tutti, Ben, intendo anche te."

Non gli piacque. No, per niente, ma non aveva altra scelta. Con un sorriso ironico ed amaro sulle labbra, annuì.

Quando mi allontanai con Bobby e Michael, Bobby disse, "Lo sai, vero, che con lui non è ancora finita?"

"Lo so," dissi in tono piatto.

ALLA FINE PHYL ED IO sistemammo tutti a dormire. I ragazzini avevano la loro stanza e le ragazzine ne avevano un'altra. Con loro dormivano anche i due ragazzi che avevamo raccolto al McKelvie's. Così avevamo occupato due delle tre stanze al piano di sopra.

La terza stanza fu data a chiunque la volesse. Stessa cosa per il divano, il divanetto e le sedie del soggiorno. Non avevamo abbastanza cuscini, avevamo molte coperte e il fuoco teneva tutti al caldo.

Phyl ed io dormimmo nella stanza da letto padronale che dividemmo con Michael, Billy, Bobby, Millie e Susan. Avevano tutti dei sacchi a pelo, forniti da Michael, che li aveva sistemati nella stanza in precedenza. Erano parte della merce che avevamo preso nel suo negozio.

Un paio di persone che erano venute con l'autoarticolato scelsero di dormirci dentro per evitare di affollare troppo la baita.

Organizzammo gli orari in modo tale che due persone alla volta fossero sempre di guardia, per due ore per ogni turno. Phyl ed io facemmo il primo. Bobby e suo fratello Billy avrebbero fatto il secondo, e Michael e Milly avrebbero fatto il terzo. Sorprendentemente, Richie e Teresa si erano offerti volontari per fare l'ultimo turno di guardia. Si erano dati anche un nome: i guardiani dell'alba e ci promisero di svegliarci alle sei.

Phyl ed io ci sistemammo sulle sedie a dondolo del portico. Allungai una mano e presi la sua nella mia.

"È stato un giorno duro, non è vero?" Disse lei.

Sorrisi e annui. "Puoi dirlo forte."

"Come ti senti, Paul? Intendo, come ti senti davvero?"

Ci pensai su per un minuto. "È incredibile, ma mi sento bene. Forse lo shock arriverà più tardi e ancora non ho metabolizzato tutto questo, ma per adesso sto bene."

Ci dondolammo per un paio di minuti, confortati dalla compagnia l'uno dell'altra.

"Avresti sparato a quell'uomo, se non si fosse tirato indietro?"

Senza esitazioni, risposi, "Sì."

Rimanemmo in silenzio per qualche attimo e poi lei mi disse, "Penso che avresti dovuto cacciato via. Ci porterà solo problemi."

Sospirai. "Lo so. Ma mi piace pensare che le persone siano buone in fondo e che vogliono aiutare. Voglio solo dare una possibilità. Se accadrà qualcosa più in là, allora lo cacceremo a calci."

All'improvviso, un numero di jet ci passarono sopra le teste e sorvolarono la montagna. Il rumore ci colse di sorpresa, ma quando scendemmo dal portico, erano ormai lontani. Potevo vedere le luci degli ultimi tre aerei e vedemmo delle strisce che sembravano di missili sotto di loro, rifletersi nella luce della luna. Il raggio di visibilità dalla nostra posizione sulla montagna era circa di 30 km, quindi potemmo seguire la striscia dei missili fino all'orizzonte. Vedemmo i flash delle esplosioni e, qualche secondo dopo, potremo potemmo effettivamente sentire il suono basso che producevano, quasi come dei fuochi d'artificio sparati a distanza.

Phyl si aggrappò a me quando vide i lampi dei missili e mi tenne ancora più stretto quando arrivò il suono delle esplosioni.

Io la tenni vicina e la rassicurai. "Non sono nucleari. Sono solo dei missili potenti. Qui siamo in salvo."

Sentimmo la porta d'ingresso chiudersi dietro di noi. Bobby e Billy erano corsi fuori.

"Il rumore dei jet ci ha svegliato. Spero che a voi due non dispiaccia se vi facciamo un po' di compagnia," disse Bobby.

"Sì, tanto non potrei più riuscire a dormire," aggiunse Billy.

"Certo! Più siamo, più ci divertiamo,» dissi.

Indicai la direzione delle esplosioni dei missili e spiegai che cosa avevamo visto.

"Accidenti, quindi i militari ancora danno battaglia. Questa è una buona notizia!" Disse Bobby.

"Forse. Fino a quando non usano roba nucleare è una buona notizia," risposi. "Ma ancora penso che siamo da soli."

"Probabilmente hai ragione,» fu d'accordo Bobby.

Osservammo tutti insieme che i jet passavano di nuovo sul loro obbiettivo o, almeno pensavamo fossero i jet. Questa volta non vedemmo alcun missile, ma vedemmo i lampi. Gli aeroplani che avevamo visto stavano lanciando delle bombe e i lampi arrivavano veloci e furiosi.

Mi domandai se tutto ciò avrebbe avuto effetto su quelle creature e lo dissi ad alta voce.

"Certo, ne ucciderà un po'... non è vero?" Rifletté Billy.

"Oh, lo spero tanto," disse Phyllis. "Non voglio pensare a cosa succederebbe se così non fosse."

"Ma ucciderne un po', non significa ucciderli tutti," disse Bobby.

Sospirai. "No, no, infatti, e mi chiedo se già sono cresciuti quanto dovevano o se cresceranno ancora."

"Ecco un altro pensiero inquietante. Che facciamo se diventano della stazza di un elefante o di qualcosa di simile?" disse Bobby.

"O peggio," disse Billy.

"Ecco dove sta il problema di giocare geneticamente con cose come quegli insetti," dissi. "A meno che tu non li abbia davvero testati in qualche modo, non puoi avere idea di quali sorprese hanno in serbo per te, una volta sviluppati."

Restammo a ragionare un po' sulla cosa, mentre osservavamo il bombardamento delle creature.

Bobby chiese, "Paul, hai la tv via satellite?"

"Sì."

"Penso che dovremmo guardare i canali delle news, se qualcuno trasmette ancora, e vedere se c'è qualcosa di nuovo che dovremmo conoscere."

"Ha ragione, Paul" disse Phillips.

"Lo penso anch'io, ma la tv è in soggiorno. Sveglieremmo l'intera casa," risposi.

"Che ne dici di quella nella camera da letto?" Chiese Billy.

"Stessa cosa," dissi. "Sveglieremo Susan o Michael o Milly. O tutti loro."

"Puoi spostare la tv della camera da letto nel tuo studio?" Chiese Bobby. "Nessuno sta dormendo lì."

Philips mi guardò e annuì.

Dissi, "Credo di sì, se il cavo del satellite ci arriverà. Se non ci arriva possiamo fare un buco nel muro della stanza da letto con il trapano. È accanto allo studio. Però aspettiamo domani, va bene? Non voglio svegliare tutti."

"Va bene. Lo possiamo fare quando non stiamo scavando," disse Bobby.

Rimanemmo a guardare il bombardamento ancora un po', poi Phyl ed io andammo a letto.

Capitolo 6

Facemmo alzare tutti alle sei e mezza. La coppia più anziana a cui apparteneva l'autoarticolato aveva il turno di guardia di mattina e Phyllis, Millie, Teresa e Clarissa stavano cercando di mettere insieme qualcosa per colazione per tutti. Anche Susan era in cucina, cercando di aiutare un po' qui un po' là.

Bobby e Billy erano stati due castori laboriosi durante il loro turno di guardia. Avevano fatto i segni a terra per la trincea, notando i posti in cui si sarebbe dovuto scavare un po' più a fondo per far rimanere la trincea a livello. Serviva ad evitare che la benzina refluisse e creasse dei ristagni verso i livelli più bassi a spese di quelli più alti.

Non ci avevo pensato. Ero felice che lo avesse fatto Bobby e lo dissi.

"Non è una gran pensata, Paul," disse Bobby. "E la parte buona è che credo che abbiamo abbastanza materiale per farne anche una intorno alla baita di Susan."

Lo guardai. "Pensi sia necessario?"

"Forse non urgente, ma sì, Paul, penso sia necessario," rispose Bobby. "Ci dà anche un posto in cui ripiegare in caso di bisogno."

Ci pensai un momento. "Ci dà anche un posto per il sovraffollamento. Non penso che la gente con cui avremo a che fare sarà solo questa, non credi?"

Bobby scosse la testa. "Onestamente? Non lo so. So che gli insetti oggi saranno molto reattivi e magari potrebbero decidere di sfidare coraggiosamente l'aria rarefatta qui sopra. Penso che dovremmo iniziare con il fossato." Lui e Billy si incamminarono verso la baita. "Bill e io andiamo a mangiare un boccone per colazione e poi iniziamo. Ci mandi qualche aiuto al più presto?"

"Certo. Appena posso."

Mi girai per andare a parlare con qualcuno degli altri e mi trovai faccia a faccia con Ben.

"Buongiorno, Ben," dissi.

Ben sembrò sorpreso che gli rivolgessi parola in modo civile. "Buongiorno."

"Ascolta Ben, quel che è stato, è stato. Ieri eravamo tutti sotto shock. Perché non ricominciamo da capo?"

Ben scosse la testa. "No, mi dispiace. Io me ne vado oggi."

Preoccupato, risposi, "Ben, non vuoi davvero scendere laggiù. Resta qui con noi. È più sicuro."

"Non scenderò dalla montagna. Salirò più in alto," disse. "C'è una possibilità che ci siano altri a cui potrei unirmi. Vorrei solo sapere se posso avere abbastanza cibo e acqua per una settimana o due."

Lo guardai in viso. "Potrebbe non essere sicuro."

Ben alzò le spalle. "Non mi importa."

Piano, gli dissi, "Aiuterebbero le mie scuse in pubblico? Così che tutti sentano? Lo farò se servirà a farti rimanere."

Ben mi guardò come se volesse dire di sì, ma poi lasciò che fosse il suo orgoglio a parlare. "No, me ne vado entro un'ora, Stiles, con o senza il cibo."

Scossi la testa di fronte alla sua ostinazione. Sapevo che nessun argomento avrebbe intaccato il suo orgoglio. Lo guardai negli occhi e dissi, "Certo che puoi avere il cibo, Ben, ma vorrei ci ripensassi."

Ben annuì una volta e disse, "Grazie. Vi auguro buona fortuna."

"Anche a te."

Con ciò, ci avviammo verso la cella frigorifera e gli diedi delle scorte. Latte, lattine di zuppa, frutta e verdura, varie bottiglie d'acqua e alcuni cracker. Gli diedi un sacco a pelo e uno zaino. Gli diedi anche un revolver calibro 38 e una scatola di munizioni. Era da solo quando Bobby l'aveva trovato e stava per lasciare il nostro campo da solo, per una salita tortuosa e solitaria fino alla cima della montagna, per poi scendere dall'altra parte. Non avevo mai fatto quella salita, ma Susan sì. Lei e Cheryl l'avevano fatta solo una volta, perché dall'altro lato non c'era nient'altro che roccia scoscesa. Diedi l'informazione a Ben e gli diedi le indicazioni che mi ricordavo dal racconto di Susan. Se ne andò e non si voltò nemmeno una volta indietro.

Recitai una preghiera silenziosa per lui ed entrai per fare colazione e dare la notizia.

DUE ORE PIÙ TARDI, stavo maneggiando un piccone con altre cinque persone e con altre cinque che scavavano con le pale per rimuovere i detriti che lasciavano i nostri picconi. Era dura, un lavoro che ti spezzava la schiena e i miei muscoli erano tutti doloranti, ma tenevo duro. Quando finì il mio turno di lavoro, un'ora dopo, a mala pena riuscivo ad aprire le mani, ma avevamo fatto dei seri progressi: tre quarti della trincea erano stati costruiti. Bobby aveva dato il compito di scendere i tronchi e formare le V che avrebbero trattenuto il cemento nella trincea. Una volta che la porzione di trincea fu allineata ai pali, altre persone cominciarono a foderarla con la plastica. Al ritmo cui stavamo procedendo, avremmo versato il cemento per l'ora di pranzo.

Avevo acceso la grande tv nella stanza principale della baita. Non trasmettevano granché via satellite, ma alla fine trovammo un canale di news. Gli insetti erano ormai in tutto il mondo, ad eccezione dei Paesi più a nord, dell'Australia e della Nuova Zelanda. Gli aerei erano stati attaccati da sciami di creature volanti, simili a quelle che avevamo incontrato dentro al McKelvie's, e la maggior parte erano precipitati. La maggior parte dei governi dei Paesi invasi si erano rifugiati sottoterra nei bunker di protezione, ma a meno che non fossero ermetici, erano anch'essi vulnerabili agli insetti. Il canale che trasmetteva era anch'esso sotto terra, ma non dissero dove. Assegnai alla coppia più anziana, Lee e Bernice Adams, il compito di monitorare le notizie e di prendere nota di tutto quello che sembrasse rilevante.

Uccidere le creature era abbastanza facile, ma il numero enorme lo rendeva un compito assai difficile. Continuavano a covare nuovi insetti per rimpiazzare quelli morti, che a loro volta erano cibo e riparo per le uova, in specie degli striscianti, e con la rapidità con cui crescevano, ucciderne una città intera, significava pace solo per un giorno o due.

Gli insetti stavano sterminando la razza umana.

Avevano imparato velocemente ed iniziavano ad attaccare le unità militari che vi si avvicinavano. Riuscivano a fare a pezzi i carri armati e gli altri equipaggiamenti militari. Pensavo che probabilmente avevano scoperto che al centro di tutto quel metallo c'era un bocconcino succulento. O un'incubatrice. Comunque fosse, gli umani erano eliminati con allarmante regolarità.

Richie prese il mio piccone ed iniziò il suo turno. Gli dissi di stare attento, perché non volevo dovergli ricucire un piede. Le mie doti di sarto erano molto limitate.

Mi diressi rigidamente verso la baita ed entrai. Volevo assolutamente sedermi, ma avevo bisogno di acqua. Salutai Lee e Bernice e mi diressi in cucina. Phyllis stava facendo il suo turno di due ore alla pala, quindi mi procurai da solo l'acqua. Almeno il nostro pozzo era pieno, pulito e limpido. Bevvi a sazietà e poi tornai in soggiorno.

"Niente di nuovo?" Chiesi a Lee.

Lee guardò le sue note. "Beh, gli insetti hanno invaso tutto il Medio Oriente. Quegli idioti bastardi che li hanno liberati sono stati mangiati vivi." Rise beffardo. "Spero che ognuna delle loro 72 vergini sia un uomo!" Rise ancora e Bernice lo colpì su un braccio. "Ahi!"

"Hai notizie migliori, vecchio!" Lo rimproverò Bernice.

Lee continuò. "La ragione per cui gli insetti stanno vincendo è che non esistono in natura dei predatori per loro. Sono troppo forti per ogni animale che viva sulla Terra. Il solo ostacolo che hanno incontrato finora è stato l'uomo e ci stanno facendo fuori con facilità. La tv ancora afferma che le montagne sono il posto più sicuro sulla Terra in questo momento."

"Bene, speriamo continui così," dissi. Mi avvicinai ad una sedia e ci crollai sopra. I miei occhi furono attratti dallo schermo.

Lee aveva tolto l'audio quando ero entrato. La tv mostrava video da tutto il mondo e la carneficina era orribile, la distruzione quasi completa. Mentre guardavo il giornalista dall'aspetto smunto e tirato, alle sue spalle apparve un'immagine in sovraimpressione di un insetto vicino ad un autobus cittadino.

"Oh mio Dio! Lee, alza il volume!" Dissi.

Lee cercò il telecomando, premette il bottone e riavviò l'audio.

"... e gli insetti sono cresciuti enormemente. Alcuni sono diventati grandi come autobus e hanno mascelle in grado di spezzare in due un adulto o ingoiare un bambino per intero. Vi mostriamo un video girato poco fa e vi avvertiamo che quello che vedrete è tutto vero."

L'immagine tagliò su un insetto tipo millepiedi che premeva su un autobus fino a squarciarlo e a fare i passeggeri a brandelli.

"Dio abbia pietà di noi tutti," disse Bernice piano.

TORNAI FUORI ALLO SCAVO. Quasi tutti erano lì o lì vicino. Phyllis vide la mia espressione e disse a tutti di fermarsi.

Quando fui abbastanza vicino, raccontai loro cosa avevo appena visto in tv e che gli insetti stavano diventando sempre più grandi.

Per sottolineare le mie parole, il suono degli aeroplani ci sovrastò di nuovo. Alzammo gli occhi in tempo per vedere diversi velivoli sorvolare la montagna.

"Sembra che i militari stino di nuovo bombardando gli insetti. Spero non usino bombe nucleari. Non nel nostro Paese," dissi.

"Dobbiamo continuare a scavare?" Disse l'autista dell'autocisterna, Mitch, mi pare si chiamasse.

Annuii. "Sì. Dobbiamo ancora proteggerci dagli insetti. Le bombe non li uccideranno tutti."

Mi chinai per sedermi per terra. Ero traumatizzato. Qualche idiota, in Russia aveva creato queste cose per un gruppo terroristico islamico e non aveva pensato a come queste creature potevano cambiare, crescere e moltiplicarsi. Il solo pensiero era stato il denaro... non le persone. Probabilmente quegli idioti estremisti islamici erano ormai morti e gli scienziati russi che avevano creato gli insetti avevano fatto la stessa fine, perché agli insetti non fregava niente di religione o soldi. Solo cibo.

La cosa triste è che se si fossero almeno preoccupati del loro interesse, queste creature non sarebbero state mai create.

Non sentimmo esplosioni, né vedemmo lampi di luce, ma ero sicuro che quegli aerei ad alta quota avevano trovato il loro bersaglio da qualche parte. Sembravano essercene a bizzeffe tutto intorno.

Finimmo di preparare la trincea per pranzo e ci assicurammo che la base fosse fissata bene. Dopo di ché, dovemmo solo aspettare che il cemento di solidificasse.

Avevamo abbastanza materiale per costruire una trincea intorno alla baita di Susan. Programmammo di iniziare la mattina successiva.

Più tardi, quel pomeriggio, ero seduto nella baita a controllare se ci fosse qualche altro canale, oltre a quello delle news, che ancora trasmetteva. Un canale messicano e uno specializzato in programmi religiosi fu tutto quello che riuscii a trovare. Entrambi venivano e andavano ed ebbi la netta sensazione che fossero trasmessi in registrata, perché entrambi iniziarono a ritrasmettere le stesse cose dopo alcune ore. Misi di nuovo sulle news e tolsi l'audio. Riuscivo a sentire i ragazzi giocare fuori.

Improvvisamente, sentii Keith urlare, "Papà! PAPÀ!" Lasciai cadere il telecomando, presi il fucile e corsi fuori per vedere cosa succedeva.

Keith era in piedi con Clarissa e gli altri ragazzi in mezzo al cortile d'ingresso. Esaminai l'area, correndo verso di loro, ma non vedevo niente.

Mi fermai e misi una mano sulle spalle di mio figlio. "Che succede, figliolo?"

"Ascolta!"

Iniziai ad ascoltare. All'inizio non registrai niente, perché era un sottofondo appena percettibile, ma poi si fece più forte e lo sentii. Era un veicolo a motore e stava faticando per risalire la montagna per la nostra strada sterrata! Dal rumore, sarebbe giunto presto alla baita.

Mi voltai verso Keith e gli altri ragazzi. "Andate a chiamare Bobby, Michael e Billy e anche Richie se gli va. Poi voglio che andiate a nascondervi dietro la casetta del pozzo fino a che non avremo capito se sono o meno amici. Filate ora!" E feci loro il gesto di andarsene.

Appena se ne andarono, mi concentrai di nuovo sul rumore. Ora sembravano due veicoli, ma non capivo di che tipo.

I ragazzi dovevano essere vicini, perché all'improvviso me li ritrovai di fianco armati.

"Lo sentite?" Chiesi. "Sembra che siano più di uno, vero?"

Bobby annuì con decisione. "Sembra che uno sia un autobus. Di quelli grandi a diesel."

Adesso che l'aveva detto, fui d'accordo. Sembrava un bus.

Non dovemmo domandarcelo a lungo. Mentre aspettavamo, due veicoli svoltarono la curva della strada e furono visibili. Uno era effettivamente un autobus cittadino, Bobby aveva avuto ragione. Il secondo era un'ambulanza e seguiva l'autobus da vicino. I finestrini del bus erano tutti abbassati e le persone all'interno iniziarono a sporgersi. Gridarono all'autista di fermarsi e quello si fermò proprio di fronte a noi. L'ambulanza restò un po' più indietro, forse dentro erano sospettosi nei nostri riguardi e ansiosi di conoscere le nostre intenzioni.

Bobby indossava ancora la sua uniforme, perché nessuno dei miei abiti gli andava bene e non era certo stato in giro a cercarne di altri. Fece segno all'autobus e poi all'ambulanza. Anch'io feci segno, forse lo fecero anche gli altri, non ne sono sicuro. Ce li avevo dietro.

Le porte dell'autobus si aprirono e una donna in uniforme scese. Ovviamente era l'autista.

"Oh, sia ringraziato Dio! Lode a Gesù! Grazie Signore per averci portato qui!" Ripeteva in continuazione. Quando si avvicinò a Bobby lo avvolse con le braccia robuste nel suo ampio abbraccio. "Oh, uomo, sei una benedizione per i miei occhi dolenti! Il mio nome è Latisha e ho guidato quell'autobus fin qui dalla città! Ho un autobus pieno di gente e ho dei veri dottori sul retro dell'ambulanza! Potete fare un po' di spazio per noi? È sicuro qui? Con noi ci sono anche bambini... e medicine!"

Risi e lo porsi la mano. "Latisha, sono Paul Stiles. Questa è la mia baita e tu e la tua gente siete più che benvenuti a restare ad una condizione: qui lavoriamo tutti per restare al sicuro. Se vi va bene, siete i benvenuti."

Latisha, fece un gesto di noncuranza nei miei confronti. "Oh, accidenti, non sia sciocco Signor Stiles! Siamo pronti a dare una mano, non siamo degli stupidi!" Si voltò verso l'autobus. "Okay, gente, uscite pure! Siamo al sicuro! Abbiamo un posto in cui restare!"

Dall'ombra interna del mezzo, scesero tre uomini in fila indiana. Ognuno di loro portava uno di quelli che sembrava un fucile semiautomatico, con caricatori extra. Saremmo durati meno di un minuto se ci avessero voluto minacciare.

Tirai indietro la testa e lasciai uscire una di quelle risate grasse, di pancia. Presto, ci ritrovammo tutti a ridere dell'assurdità di quella situazione. Tutti noi, puntando le nostre armi, aspettando di ucciderci l'un l'altro, quando gli insetti probabilmente l'avrebbero fatto per noi. Se non questo autunno, di sicuro la prossima primavera.

Quando smettemmo di ridere, dissi a Latisha di farci togliere qualche tronco così che potessero attraversare la trincea e parcheggiare i veicoli il più vicino possibile alla baita.

Capitolo 7

Altre 33 anime si unirono a noi quel giorno, portandoci ad un totale di 61. La loro storia non era diversa dalla nostra. Erano riusciti a mala pena a scappare dalla città e si erano ritrovati in fila con la lunga coda di traffico che si dirigeva alle montagne.

Latisha disse che avevano preso la nostra strada nella speranza di trovare un modo di salire sulla montagna. Quando le dissi che la strada finiva all'altra baita, iniziò a ridere.

"Lode a Dio che ci ha fatto giungere qui, allora," disse. "Credo che ci abbia mandato qui per una ragione."

Avevano passato la notte in un garage di cemento a Pine Valley ed era stata solo la fortuna che aveva risparmiato il paese dall'invasone.

"Ma quando ce ne siamo andati, potevamo sentire il ronzio di alcuni insetti volanti dalla parte est della città. Abbiamo tagliato la corda più in fretta di loro," disse Latisha.

Il dottore era davvero un *vero* dottore. Il suo nome era Jeremiah Case e aveva viaggiato in ambulanza con due paramedici. Il Dott. Case aveva lavorato al Pronto Soccorso di Pine Valley. I paramedici venivano invece dalla città. I passeggeri coprivano tutte le età. I fucili erano stati presi in un negozio di Pine Valley e alcuni di loro sapevano come usarli. Uno di questi, Roger Tippet, era un ex-Marine che era stato in Iraq.

Quando ci fummo tutti presentati, Lee Adams mi chiamò.

"Paul! Devi venire a vedere questo in televisione!" Gridò.

Gli feci cenno ed invitai tutti quelli che volevano a venire a vedere.

Quando arrivammo all'ingresso della baita, Lee disse, "Il giornalista dice che gli insetti stanno cercando di entrare nel loro studio. Sono sottoterra, ma non credono che riusciranno a cavarsela. Dice che gli insetti sono entrati dai condotti di ventilazione."

"Oh, merda," dissi.

Quasi tutti entrarono a guardare il giornalista sudato e nervoso.

"*... e la situazione è grave, gente. Speriamo di avervi dato abbastanza informazioni per farvi sopravvivere, ma come vedete, può non bastare. Le creature sono tenaci, forti e affamate. Le possiamo sentire nei condotti e stanno prendendo a morsi le porte del bunker. Non penso ci resti più molto tempo. È stato un piacere tenervi informati per tutto questo tempo e vi ringraziamo per averci guardato. Solleveremo la telecamera verso il soffitto cosicché non dobbiate vederci morire. Addio e buona fortuna.*"

Con queste parole, la camera inquadrò il soffitto e tutto quello che rimase fu l'audio. Sentimmo grida, spari, metallo strappato, colpi e poi, alla fine, le urla. Spensi la tv.

"È abbastanza," dissi. "Dio li benedica e spero che la fine sia arrivata velocemente."

Latisha aveva chinato la testa e stava dicendo una muta preghiera per le persone del canale televisivo. Quando la preghiera terminò, dicemmo tutti, "Amen."

IL DOTT. CASE CHIESE se si poteva creare un piccolo studio in una delle stanze di sopra. Gli dissi che poteva usare il mio studio e che avrei tolto tutto da dentro, se ce ne fosse stato bisogno. Togliemmo tutto ad eccezione della sedia e della scrivania.

Il buon dottore ci disse che lui e i paramedici sarebbero stati a disposizione per qualsiasi problema medico che richiedesse la loro attenzione. Gli risposi che speravo che nessuno avesse bisogno dei suoi servizi.

"Ho già qualcuno che ha bisogno di me," disse il dottore.

"Oh, davvero? Qual è il problema?" Chiesi.

"È uno dei passeggeri che vengono dalla città con Latisha. Non ho mai visto una cosa simile," concluse.

Mi chinai sulla scrivania. "Doc, devo essere onesto con te. Ho paura di un'infezione di insetti qui. Siamo stati fortunati finora." Gli spiegai del nostro incontro con Cheryl e cos'era accaduto con Ralph.

"È interessante. Hai visto l'intera incubazione dell'infezione? Sai come è all'inizio? O quanto ci mette l'infezione ad arrivare a questi 'occhi vuoti' che descrivi?"

Scossi la testa. "No, doc, non saprei dire. Tutto quello che so, è che tutti noi possiamo essere infetti e non lo sapremo mai fino a che non vomiteremo quegli striscianti."

"Questa è un'informazione che non ho. Puoi descrivere in dettaglio di cosa parli? Mi potrebbe aiutare con gli altri."

Lo feci. Gli occhi vuoti, bianchicci. L'abilità di restare mobile anche se mente e corpo sono divorati dall'interno. Il tentativo finale di parlare, poi il piegarsi in due e vomitare tutto il proprio sangue, misto a melassa nera piena di striscianti.

"Pensaci, Doc, non so nemmeno in quali insetti si trasformano gli striscianti, se non per deduzione, è quello che ho elaborato dall'insetto che è uscito dalla mia falciatrice e mi è entrato in casa."

"Penso che la riproduzione sia pressappoco la stessa, a prescindere da quale sarà la forma ultima dell'insetto." Il Dott. Case agitò le mani in aria. "Come può essere così pazzo qualcuno? Come potrebbe qualcuno creare geneticamente una cosa come questa senza pensare alle conseguenze?"

"Alcuni odiano gli Stati Uniti così tanto da farlo, penso. Probabilmente pensavano di essere degli eroi o dei martiri, chissà." Mi fermai un momento. "Mi dica del suo paziente."

Il dottore mi guardò. "Non sono sicuro di poterlo fare. Sa, la riservatezza tra medico e paziente..."

"Penso che quella sia finita da un pezzo, Doc," dissi. "Devo sapere che genere di minaccia può essere questa persona per tutti noi."

"Perché? Così potete farne una torcia umana?" Disse sarcasticamente. Immediatamente, si corresse, "Mi spiace. Capisco quanto deve essere stato duro per voi e capisco anche perché avete dovuto farlo."

Scelsi di non arrabbiarmi, ma me ne riservai il diritto. "Hai colto il punto, Doc, e bada a non illuderti: lo farò ancora, se devo. Devo tenere il gruppo in salvo e questo è quanto."

Il dottore guardò il pavimento, studiando il problema. "Okay, hai ragione, naturalmente." Respirò profondamente. "Il paziente è stato penetrato da uno 'strisciante' come l'hai chiamato tu."

Sentii i miei occhi che si spalancarono. "Dottore, questo è gravissimo!"

"Forse no, Paul," "Ero lì quando è successo e ho preso molte precauzioni. Ho preso la cosa con delle pinzette e credo di averne estratta la maggior parte dal paziente, ma di questo non posso essere sicuro. Poi, ho bagnato abbondantemente l'area con alcool e perossido e ho fatto all'uomo un'iniezione di antibiotici, anti virali e... beh... praziquantel."

"Cos'è il praziquantel?"

Il Dott. Case sorrise. "Una medicina contro i vermi."

"Una medicina contro i *vermi*?" Chiesi incredulo.

"È usato principalmente nel trattamento del verme solitario, finora pare aver funzionato. È stato infettato due giorni fa, all'incirca nel momento in cui il tuo vicino ti vomitava sulla falciatrice."

Non potevo crederci. Una medicina per i vermi, ma poi riuscii a capire perché e se funzionava, tanto meglio.

Pensai a una cosa: "Ma non sappiamo quanto è il periodo di incubazione, non è vero?"

Il dottore scosse la testa. "No."

"Quindi, potrebbe ancora essere infetto?"

"Sì."

"Allora dobbiamo metterlo in quarantena... almeno per una settimana."

"Certo," disse Case. "Dove vorresti metterlo? Nella tua stanza? Nella mia stanza? Sull'autobus dove dormono tante persone? Oppure potremmo metterlo là fuori nella cella frigorifera."

Alzai la mano. "Ho capito, dottore." Pensai per un momento. "Va bene, ma deve esserci sempre qualcuno con lui."

"Lo pensavo anch'io."

E così fu. Almeno per il paziente infetto.

PIÙ TARDI, QUEL POMERIGGIO, stavo controllando le batterie in uno dei fabbricati. L'impianto reggeva bene e sembrava ci fosse abbastanza corrente e vento per tenere le batterie in carica. Stavo controllando un paio di fili, quando Bobby entrò nell'edificio.

"Paul, puoi uscire fuori solo per un minuto?" Chiese.

"Certo." Presi il fucile, che ormai portavo sempre con me, ed uscii. "Che c'è?"

"Ascolta," disse Bobby.

Ascoltai. Sentivo solo il vento e nient'altro... all'inizio. Lentamente, iniziai a cogliere suoni lievi, come un ronzio distante o una sega a motore.

"È una sega elettrica quella che sento?" Chiesi.

"Non ne sono sicuro," disse Bobby. "Sono stato ad ascoltare per qualche minuto prima di venire da te, ma non riesco a capire cosa sia. Pensavo che due paia di orecchie sarebbero state meglio di una."

Ascoltai ancora un po', ma il suono era scivolato via, andato.

Il sole era quasi tramontato, quindi alzai le spalle e dissi, "Penso che chiunque fosse, per oggi ha smesso."

Bobby aveva uno sguardo preoccupato. "Forse. Sì, forse hai ragione."

Onestamente, me ne dimenticai. Eravamo così impegnati a sistemarci per la notte con tutta quella gente in più e a programmare chi doveva andare alla baita di Susan la mattina seguente a costruire la trincea, che non pensai più alla sega elettrica.

Ma ci pensai il giorno dopo. Ci pensai per un lungo tempo.

BOBBY E BILLY AVEVANO iniziato la costruzione della trincea alla baita di Susan. I due fratelli si erano portati le loro squadre lungo la strada che curvava e zigzagava sul fianco della montagna fino alla baita di Susan. Dopo la baita, la strada era diventata un sentiero polveroso, usata dai cacciatori e dai fanatici dei quad.

Rimasi dietro alla baita, per la maggior parte del tempo, controllando i generatori d'emergenza, organizzando e dividendo le scorte di cibo e assicurandomi che le scorte di munizioni fossero pulite, oleate e funzionanti. Organizzai un negozio nel cortile di fronte, con Phyllis e Latisha che mi davano una mano.

Era un giorno caldo per essere metà settembre. La temperatura era intorno ai 20 gradi e il sole brillava.

Presto, Phyllis ci lasciò per rientrare. Lei, insieme a Susan, avrebbero dovuto preparare qualcosa per pranzo. Michael, che era anche lui rimasto indietro quel giorno, si sedette e prese il posto di Phyl.

Noi tre ci stavamo godendo la giornata e facevamo conoscenza.

"Paul, che ti è successo in città?" Chiese Latisha.

"Siamo riusciti appena in tempo ad uscire di casa," risposi. Raccontai a lei e Michael tutto di quella mattina, della cosa che si nascondeva sotto la falciatrice e che avrebbe preso almeno uno di noi."

Tyrese, uno dei passeggeri del bus di Latisha, venne vicino con Richie mentre raccontavo e si sedettero ad ascoltare.

"E tu Michael?" Chiese Latisha.

Michael raccontò loro che non sapeva niente degli insetti fino a quando non era arrivato in negozio e quello che era successo con il cliente solitario e delle cose volanti all'interno del McKelvie's.

"Amico. Al McKelvie's," si meravigliò Latisha. Lei guardò Richie e poi lo indicò, riconoscendolo. "Sì, mi ricordo di te! Eri sempre gentile con tutti e c'era anche una ragazza tanto carina alla cassa quando ci andavo... una biondina magra..."

"Deve essere Teresa," disse Richie. "Il Signor Stiles ha portato via anche lei. È qui e c'è anche Millie."

"*Millie*? Quella mascalzona! Perché non l'ho ancora vista?"

"Non saprei, signora," disse Richie.

"Penso sia perché ieri siete arrivati molto tardi," dissi. "Dopo aver dato da mangiare a tutti, trovato loro un posto per dormire, era ormai ora di andare a letto."

Latisha rise. "Hai ragione, tesoro. Mi ricordo a malapena di te e dei due fratelli Barnes!"

"E tu che ci dici, Latisha?" Chiese Michael. "Come sei scappata dalla città?"

Il sorriso le illuminò il viso come se fosse stato acceso un interruttore. "Non vi ho raccontato tutto, quindi dovrete sopportarmi. Vi avverto che mi metto a piangere quando lo racconto, quindi non mettetevi a ridere, va bene?"

Mi avvicinai e le strizzai una spalla. "Non ci proviamo nemmeno, Latisha. Abbiamo tutti visto cose che faremmo tutti meglio a dimenticare."

Latisha abbassò lo sguardo e disse, "Sì, penso tu abbia ragione." Alzò la testa e fissò l'orizzonte. "Però me lo chiedo ancora."

"Chiederti cosa?" Chiese Michael.

"Mi chiedo se Dio ci abbia mandato il Giorno del Giudizio."

Naturalmente, nessuno di noi aveva una risposta per quello.

Latisha fece un lungo respiro. "Okay, l'avete chiesto voi. Ecco la storia di un autista di autobus."

Capitolo 8

"Quel giorno non dovevo neanche essere in servizio," disse Latisha. "Era il mio giorno libero, ma c'erano state tante di quelle chiamate che il mio capo mi aveva promesso un giorno in più libero la settimana successiva, di venerdì, più un turno e mezzo in più pagato, se fossi andata a lavorare per qualche ora. Ehi, ho quattro figli, tutti adolescenti... i soldi certo mi servivano!

Beh, andai a lavorare e mi è toccato guidare questo scassone di autobus che non era nemmeno articolato, solo un vecchio autobus cittadino tutto d'un pezzo. Il percorso era diverso dal mio solito, ma sapevo già cosa sarebbe successo, quindi scorsi la mia lista di fermate e partii.

Il percorso era nella parte est della città."

I miei occhi si spalancarono. "Oh merda." Dissi.

Latisha scosse la testa. "All'inizio non notai niente. Le persone andavano e venivano come al solito. Qualcuno di loro sembrava un po' strano, ma è la vita di città, no? La gente sembra sempre strana."

Notai che Latisha piegava e allisciava i suoi abiti puliti varie volte e non ci guardava in faccia.

"Ho una brutta abitudine quando guido," continuò. "Non noto mai chi sale sull'autobus. Voglio dire, non li guardo proprio. Tengo gli occhi fissi sul traffico intorno a me e non guardo le persone. Non ero sul mio percorso abituale, quindi quel giorno proprio non ero in vena di socializzare. Così, non l'ho vista entrare sull'autobus. Cioè, l'ho *vista*, ma non l'ho osservata, capito cosa intendo?

Mi pare sia stato Tyrese a dirmi di lei, o forse Manuel?" Chiese Latisha.

Tyrese annuì. "Penso sia stato lui, Latisha."

Latisha annuì. "Sì, penso anch'io." Continuava a piegare e ripiegare quegli abiti. "Manuel venne da me e mi disse che c'era una donna molto malata sull'autobus. Dio mi aiuti, dissi qualcosa di antipatico come 'Ti sembro un'infermiera?'" Una lacrima le scese sulla guancia. "Alla fermata successiva, tutti avevano iniziato a gridare che la donna stava male e che aveva bisogno di aiuto. Fermai l'autobus, mi alzai con l'intenzione di dirne quattro a tutti loro. Poi la vidi."

Latisha piegò e lisciò di nuovo gli abiti e si asciugò una lacrima con il dorso della mano. "Aveva dei capelli lunghi, neri a ciocche appiccicose che sembrava non li lavasse da qualche giorno. La pelle era pallida e gli occhi lattiginosi e vuoti, proprio come quelli del tuo vicino, Paul."

Alzò lo sguardo e fissò l'orizzonte. "Le dissi di scendere dall'autobus. Invece di chiamare aiuto, le dissi di scendere dal mio dannato autobus. Oddio!" Gemette e scoppiò a piangere.

Allungai una mano e le strinsi la spalla per un momento. "Latisha, non avresti potuto fare niente per lei a quel punto. Era già andata."

"Ma io allora non lo sapevo!" gridò lei. "È questo il punto, Paul! Invece di provare ad aiutare quella povera donna, volevo solo liberarmene per non avere problemi con lei! Le ho detto di scendere dall'autobus mentre stava morendo!"

Singhiozzò e pianse ancora un po'. Quando si calmò, ricominciò a parlare.

"La gente pensava che fossi senza cuore e la donna si incamminò lentamente verso le porte sul davanti dell'autobus. Un uomo scese con lei. Le teneva una mano sulla schiena e con l'altra le teneva il braccio. Erano a due passi dall'autobus quando la donna fece quello che ha fatto anche il tuo vicino. Ha vomitato tre litri di sangue, con una roba nera densa dentro, addosso all'uomo che era sceso dall'autobus con lei. Poi ha vomitato ancora ed è caduta sul marciapiede, raggomitolata su se stessa. Tutti noi stavamo a guardare dai finestrini e all'improvviso l'uomo ha iniziato a schiaffeggiarsi addosso, come se fosse stato attaccato da uno sciame di mosche. Alla fine iniziò a correre giù per la strada. Chiusi le porte e me ne andai da lì. Avevo visto quelle robe striscianti nella melma che aveva vomitato la donna e avevo visto quelli che erano finiti sull'uomo. Non sarei rimasta lì per niente al mondo. Presi la radio e avvertii la centrale di quello che era successo e quelli mi dissero di tornare indietro, perché stavano succedendo cose simili in tutta la città. Gridai a tutti che ci saremmo diretti di nuovo al capolinea e che tutti sarebbero stati portati dove volevano andare, ma che quella era una situazione d'emergenza. Tornammo indietro e se prima ne avevamo vista una, poi notammo dozzine di quelle persone con gli occhi vuoti che vagavano sui marciapiedi nel raggio di due isolati. Un paio vomitarono proprio mentre passavamo loro davanti. Dopo circa quattro isolati vedemmo il nostro primo insetto."

"Vedete, noi in quel momento non lo sapevamo, ma Latisha ci ha salvato tutti facendo scendere quella pupa malata dall'autobus," disse Tyrese. "Se quella ragazza avesse vomitato sull'autobus, saremmo tutti il suo pasto ora!" Tyrese rise. Fu un suono basso e profondo. "Questa donna ha salvato il culo a tutti noi e noi lì la stavamo chiamando troia in cento modi diversi!" Il suo viso tornò serio. "Ha detto giusto. Quel primo insetto era della taglia di un cocker spaniel. Sembrava un grosso millepiedi, ma aveva un muso lungo con i denti. E il corpo era peloso, come una volpe rossa. Quel coso ci ha attraversato la strada davanti, dando la caccia a un alcolizzato. La cosa lo prese, cazzo, lo sbatté per terra come niente, amico! Poi gli ha staccato la testa con un morso! Latisha continuava a guidare e qualche isolato più tardi, superammo un mucchio di grossi insetti volanti, come quelli che avete visto al supermarket. Hanno sbattuto a terra tre persone che conoscevo e le hanno fatte a pezzi. Un paio di quei cosi hanno colpito l'autobus, ma hanno solo lasciato delle ammaccature sul tetto."

"Dopo quello spettacolo, nessuno mi ha insultato più lì dentro, grazie a Dio," disse Latisha. "La maggior parte dei passeggeri ora diceva 'sbrigati' o 'non fermarti'." Piega. Alliscia. Poi guardò di nuovo l'orizzonte. "Dio mi perdoni, ma sono passata sopra ad un paio di persone con gli occhi vuoti e su tanti insetti. La luce del sole non li fermava, quei ragazzacci, Paul. Non sai che confusione c'era: la gente correva ovunque, gli insetti masticavano e deponevano uova e correvano ovunque, le macchine si infilavano in tutte le vie... c'era la follia pura nell'East Side, signori miei." Piegava e distendeva i vestiti. "Rimanemmo fuori dalla strada statale. Ogni volta che ci avvicinavamo ad una rampa, potevamo vederne l'ingorgo. Le auto non si muovevano affatto e non era a causa del traffico. Era a causa degli insetti! Erano ovunque!"

Un uomo ispanico, uno dei passeggeri di Latisha, Pablo mi pare, ci aveva raggiunto durante le ultime frasi della donna e fece un paio di commenti.

"Latisha ha continuato a guidare, non importava cosa si parasse davanti all'autobus, Latisha ha continuato a guidare. Ci ha salvato tutti."

Piega. Alliscia. "Gli insetti diminuivano man mano che andavamo verso ovest," disse lei. "È stata anche quella una buona cosa, altrimenti non ce l'avremmo fatta."

"Due tizi hanno acceso una radio," aggiunse Tyrese. "Dicevano che le montagne erano il posto più sicuro dove andare."

"Ecco perché ci siamo diretti qui," disse Latisha. "Siamo arrivati a Pine Valley dopo mezzanotte e abbiamo deciso di provare a dormire lì e poi riprendere il cammino il mattino successivo. Abbiamo trovato questa vecchia pompa di benzina, con un garage a due posti. Non c'era nessuno lì, così abbiamo parcheggiato dentro l'autobus, abbiamo chiuso le porte e ci siamo chiusi dentro."

Pablo disse, "Alcuni di noi, però, se ne sono andati. Dovevamo avere armi... cibo. Così abbiamo provato a lasciare la pompa di benzina."

"Meno male che l'hanno fatto," disse Tyrese. "Abbiamo beccato un banco dei pegni che qualcuno aveva lasciato aperto. Aveva una stanza nascosta sul retro. Lì abbiamo trovato le pistole."

"Abbiamo preso tutto quello che potevamo e lo abbiamo riportato al garage. Poi, siamo tornati indietro alla ricerca di cibo," continuò Pablo. "Anche il mercato era vuoto. Se ne erano andati tutti e non avevano portato niente con sé!"

"Così abbiamo fatto centro anche con il cibo, amico," disse Tyrese. "Ci sono voluti tre viaggi e una sistemazione molto creativa, ma avevamo molto posto sull'autobus."

"E come avete incontrato il Dott. Case?" Chiese Michael.

"Pura e semplice fortuna," disse Tyrese.

Latisha rise. "Lui e i due paramedici erano arrivati a tutto gas nel parcheggio della stazione di servizio con quell'ambulanza che aveva lasciato strisciate a terra dovunque, perché si erano fermati di botto! Urlavano come pazzi, come se i capelli gli andassero a fuoco e gli bollisse il culo!"

"E perché erano scesi dall'ambulanza in quel modo?" Chiesi.

"A causa di Manuel," disse Latisha. "Uno strisciante era sul retro con lui..."

La interruppi, perché capii che Manuel era quello di cui mi aveva parlato il Dott. Case. "Non dire altro! Non avrei voluto stare vicino ad uno strisciante nemmeno io, se non fosse stato estremamente necessario!" Non volevo che circolassero voci sull'infezione probabile di Manuel. Me lo volevo tenere per me per un po'.

Latisha sembrò capire e non finì la storia. "Quindi, per farla breve, si sono uniti a noi. Questa mattina abbiamo iniziato a risalire questa collina ed eravamo determinati a trovare un buco in cui rintanarci e chiuderci la porta alle spalle. E guarda caso, abbiamo trovato voi, gente." Piega. Alliscia. "Prego solo che Dio, nella sua immensa pietà, mi perdoni per aver fatto scendere quella donna dall'autobus in quel modo e per aver messo sotto tate persone dagli occhi vuoti."

Piano, a distanza, sentii la sega elettrica che Bobby e io avevamo sentito il giorno prima. Si perdeva ogni tanto, come se il vento trasportasse il rumore in giro per la montagna.

"Ehi, ragazzi, lo sentite?" Chiesi.

Tutti si fermarono ad ascoltare.

"Sembra una sega elettrica," disse Richie.

"Potrebbe essere uno di quegli areoplanini giocattolo che volano con un radiocomando o qualcosa così," disse Tyrese.

Il suono cresceva gradualmente.

"Non penso sia un aeroplanino o una sega a motore," disse Michael.

Ascoltammo tutti più a lungo. Alla fine, non potevo far finta di niente.

"Alzatevi, gente," dissi.

Tutti prendemmo un'arma e la caricammo. Iniziammo a guardarci intorno, aspettando di vedere cosa sarebbe spuntato dagli alberi. Qualunque cosa stesse producendo quel suono, tutti noi sapevamo che non era qualcosa di umano.

Mentre osservavamo, Susan aprì la porta della baita e chiamò. "Il pranzo è pronto! Venite?"

Alla fine della frase di Susan, la fonte del rumore spuntò dagli alberi dal lato nord. Aveva la forma di una vespa, con lunghe ali nere e una vita stretta. Era il meglio che potessi trovare come rassomiglianza, comunque. Aveva una lunga antenna come tutti gli altri insetti, ma questa cosa aveva un muso lungo, quasi canino, con parecchi denti e una lunga lingua. La pelliccia era gialla e nera, come un calabrone, ed aveva otto zampe. Ogni zampa terminava in quella che potremmo chiamare mano, che aveva artigli retraibili per ognuna delle cinque dita. Ogni artiglio sembrava davvero tagliente. Gli occhi non erano sfaccettati, come ti aspetteresti dagli insetti. Invece, erano neri, senza emozioni e vuoti e assomigliavano agli occhi di un rettile. Quella bestia era lunga più di 2 metri.

Un pensiero mi balenò in testa: era una disgrazia che l'immaginazione dello scienziato avesse creato in questo modo quella bestia.

Susan urlò dal portico. Feci fuoco e apparentemente mancai completamente la cosa. Cominciò a zigzagare intorno, come una mosca che cerca di evitare uno schiacciamosche. Latisha e Michael spararono ed entrambi la mancarono. Richie sparò con il suo revolver e riuscì a scalfire la creatura, perché il suo suono divenne più acuto e arrabbiato.

Urlava.

Fu più tardi che decidemmo tutti che quello che avevamo sentito era un urlo. Uno di quegli strilli acuti emessi da quel suo muso. Continuammo a fare fuoco e quella continuò ad evitare colpi. Cominciò ad andare avanti e indietro verso di noi sul prato e ci dovemmo abbassare un paio di volte.

Nel frattempo, Susan, Phyllis e un paio di altri avevano aperto il fuoco dal portico. Entrambe le donne usavano i fucili ed entrambe beccarono la creatura, dominandola per un po'. Urlò ancora, un ululato lungo, penetrante, apparentemente di dolore. La creatura stava sanguinando e il suo sangue era nero. Urlò ancora, poi atterrò su prato a circa 15 metri da noi.

Quando planò, Tyrese aprì il fuoco sulla creatura con la sua mitragliatrice. Scaricò trenta colpi sul suo fianco, mentre il resto di noi apriva il fuoco. Presto, la bestia volante non fu che una carcassa mutilata dalle nostre armi.

Restammo lì in piedi, in silenzio, a fissare il mostro.

Tyrese ruppe il silenzio. "Cazzo! Pensavo che queste dannate montagne fossero sicure!"

Latisha gli mise una mano sulla spalla. "Calmati, Tyrese. È finita, ora!"

Ma non era così.

Udimmo un forte ronzio che veniva dalla stessa direzione in cui era arrivata la bestia. Sulle cime degli alberi, ce n'erano altre cinque che affollavano il cielo davanti a noi.

Queste cinque erano almeno due volte più grandi della prima. Se dovevamo basarci sulla logica, avevamo ucciso un cucciolo. E se avevamo ucciso il loro cucciolo, sarebbero state alquanto arrabbiate.

"Oh cazzo!" Urlai. "Sparate! Sparategli! In casa! Forza, correte!"

È davvero difficile riuscire a sparare mentre si sta correndo per mettersi in salvo. L'unica cosa che puoi fare, è sperare che almeno un colpo vada a segno per fortuna. Noi non eravamo fortunati.

Una delle bestie volanti piombò dall'alto e buttò a terra Pablo. Pablo urlò. Una seconda bestia gli atterrò sopra e gli affondò le fauci nella schiena. Abbassò il basso addome proprio come fa una vespa e impalò Pablo con un lungo pungiglione di trenta centimetri largo quanto un braccio umano. Colpì due volte Pablo prima che Tyrese si lasciasse cadere in ginocchio ed iniziasse a sparare con la mitragliatrice. C'erano solo ancora una ventina di proiettili dentro, ferirono la bestia e gli strapparono un'ala, ma non fu abbastanza per ucciderla. Ferita, non poteva volare, ma distolse le fauci da Pablo e tentò di zoppicare via da lui.

Il resto di noi aveva raggiunto il portico quando gli altri quattro insetti erano arrivati volando intorno alla compagna ferita. Tyrese infilò un nuovo caricatore nella mitraglietta ed era pronto ad aprire di nuovo il fuoco. Ma era troppo tardi. Una delle bestie lo colpì da dietro. La mitraglietta volò via. Il viso dell'uomo era uno spasmo di dolore e, mentre tutti osservavamo la scena, la creatura sollevò Tyrese da terra e iniziò a volare via con lui, come un ragno catturato da una vespa.

Le sparammo, ma nemmeno tanto. Avevamo paura di colpire Tyrese. Mentre guardavamo Tyrese che era portato via, l'altra creatura aveva afferrato la compagna ferita e la stava portando via. Una terza creatura portò il cucciolo.

Pablo era steso, morto, nel cortile, quando le creature ritornarono da dove erano venute.

PIÙ TARDI, QUEL POMERIGGIO, sotterrammo Pablo vicino agli alberi, vicino a Cheryl. Avevamo incenerito il suo corpo giusto in caso che il pungiglione avesse lasciato delle uova. Latisha disse qualche parola sul nostro compagno caduto e ci lasciò pregare.

Quando ebbe finito, dissi, "Riunione. Tutti. Dentro."

Una volta che furono tutti dentro, con le sentinelle sul portico davanti e sul retro, iniziai a dire quello che avevo da dire.

"Qualcuno ha visto altri aerei, oggi?" Chiesi. Silenzio generale. "Okay, qualcuno ha provato ad ascoltare la radio?" Silenzio. "Qualcuno ha usato un cellulare?" Sapevo già la risposta, quasi tutti alzarono la mano. "Qualcuno di voi ha avuto fortuna? So che c'è campo grazie al ripetitore, ma qualcuno è riuscito a parlare con qualcun altro al di fuori da questo gruppo?" Ancora silenzio.

"Cosa cerchi di dire, Paul?" Chiese Bobby.

Trassi un profondo respiro. "Penso che siamo rimasti da soli. Non penso che arriverà alcun aiuto organizzato, e credo davvero che dovremo cavarcela da soli."

Ci furono mormorii generali di concordanza.

"Queste cose volanti ovviamente hanno un nido qui vicino, da qualche parte qui sulle montagne. Cosa pensate dovremmo fare a questo proposito?"

"Pensi che torneranno?" chiese qualcuno. Non riuscii a capire chi fosse.

"Certo che torneranno," dissi. "Ne abbiamo uccisa una e ferita un'altra. Hanno portato via Tyrese come snack o per allevarci le loro uova. Quando avranno capito quanto è facile catturarci, torneranno di sicuro e non penso che questa baita reggerà un attacco massiccio di quelle creature." Guardai qualche viso. "Quindi, di nuovo, cosa pensate dovremmo fare?"

"Cosa vuoi che ti diciamo, Paul?" Chiese uno dei paramedici. "Abbiamo tutti paura di morire per mano di quelle cose, ma è ovvio che non siamo al sicuro qui se sono nei paraggi."

"Tu vuoi che andiamo a stanarle nel loro nido, non è vero?" Chiese Billy Barnes.

Tutti mi fissarono. Alla fine, annuii. "Sì. Penso che dovremmo portare i lanciafiamme, trovare il nido e dar loro fuoco."

Richie stava scuotendo la testa. "No. No. Non io. Avete visto quanto sono grosse quelle cose? E sono le uniche che abbiamo visto! No. Non contate su di me. Naaaa."

"Dobbiamo considerare un'altra cosa," disse Billy. "Le montagne dovevano essere un posto sicuro secondo l'ultima trasmissione governativa, perché qui le temperature erano troppo basse per gli insetti." Si guardò attorno. "Che succede se quelle non sono le uniche creature ad aver fatto il loro nido sulle montagne? Dobbiamo capire perché quelle cose sono qui."

"Sappiamo che quelle creature hanno i polmoni," disse il Dott. Case. "Lo abbiamo sentito dai dispacci di polizia che abbiamo ricevuto. Ho una teoria sul fatto che molti di questi insetti abbiano caratteristiche dei mammiferi, incluso il fatto di essere a sangue caldo."

"Che significa?" chiese Manuel.

Il Dott. Case rispose. "Significa che questi insetti sanno produrre da soli calore e se sanno farlo, possono benissimo vivere alle temperature più rigide se trovano un riparo." Incrociò le braccia e si mise un dito sul mento. "Se avessi un esemplare, potrei fare un'autopsia, dissezionarlo per vedere se la mia ipotesi è corretta."

"E possa il Buon Dio avere pietà di noi tutti se il Dott. Case trovasse riscontro in ciò che afferma," disse Latisha.

Molti mormorarono 'Amen' al piano terra della baita.

Alzai la voce. "Penso sia deciso, allora. Domani manderemo fuori una squadra 'cerca e distruggi' nella direzione da dove sono volate quelle cose. Forse saremo così fortunati da trovare il nido."

Qualcuno nel gruppo disse, "Sarà più probabile che sarai mangiato dal nido."

"Forse sì, ma è un rischio che bisogna correre. Michael, quei walkie-talkie sono ancora funzionanti?" Chiesi.

"Certo!" Affermò.

"Bene. Chi vuole venire con me?" Chiesi.

"Tu non andrai, Paul," disse Bobby.

Il silenzio invase la stanza.

"Scusa?" Chiesi.

"Tu sei il leader del gruppo e sei responsabile per tutti. Tu resterai qui e non voglio sentire ragioni."

"No, aspetta un minuto..." Iniziai.

"No, Paul. Se la squadra 'cerca e distruggi' si trasforma nello 'snack del martedì sera' per il nido, allora, come leader, sarai ancora in grado di elaborare un piano B. Tu sei troppo prezioso per il gruppo per correre un rischio come questo," disse Bobby.

Mi guardai intorno. "È quello che pensate tutti?"

Un "Sì!" risuonò per tutta la stanza.

Bobby mi guardò e fece l'occhiolino. "Porterò quattro persone. Voglio Nick, Manuel, Michael e Susan. Qualcuno ha obiezioni?" Nick era l'autista dell'autobotte.

Non c'erano obiezioni.

Bobby annuì. "Bene. Partiremo all'alba. Vediamoci alla cella frigorifera."

"Un'altra cosa alla quale dobbiamo iniziare a pensare," dissi. "Abbiamo bisogno di più cibo e più vestiti. Dobbiamo considerare un viaggio veloce a Pine Valley."

La conversazione mutò in un brusio.

Alla fine Susan alzò la voce. "Paul ha ragione. Non abbiamo abbastanza scorte per affrontare l'inverno. Di sicuro abbiamo bisogno di abiti pesanti e di tutto il cibo congelato che possiamo trovare. Se non lo prendiamo ora e tolgono la corrente in città, il cibo andrà a male. Ora è il momento di prendere tutto quello che possiamo."

Ci furono diversi mormorii di approvazione.

"Okay, ci penseremo per un giorno o due." Dissi. "Ora però preoccupiamoci della squadra 'cerca e distruggi' e del lavoro che faranno domani. Diciamo tutti una preghiera silenziosa per loro e speriamo che tornino con il lavoro fatto!"

Capitolo 9

Il gruppo partì all'alba della mattina successiva. Presero due lanciafiamme e una tanica da 8 litri di benzina da portare con loro. Avevano un altro paio di cose che Bobby mi aveva mostrato: due granate a mano che aveva preso dall'arsenale della Guardia Nazionale.

La notte precedente, dopo la riunione, avevo preso Susan da una parte. Era venuta anche Phyllis.

"Susan, sei sicura di volerlo fare?" Chiesi.

Lei ci guardò entrambi e vide la nostra preoccupazione. "Sì, voglio farlo. Per me è un modo per ricambiare queste cose per la morte di Cheryl."

"È tutto qui?" Chiese Phyllis.

Susan ci pensò un momento prima di pensare. "Naturalmente no. Il mondo come lo conoscevamo non c'è più e anche la mia vita non c'è più, perché anche Cheryl non c'è più. Non sto pianificando di morire apposta, ma il fatto è che se morissi, non mi importerebbe. Era questo che volevate sapere?"

E chiudendo quella frase, Susan se ne andò.

Quindi, il mattino successivo, i cinque partirono per la caccia al nido delle creature volanti. Prima che se ne andassero, chiesi a Bobby di avvicinarsi di più a me e gli sussurrai quel poco che sapevo di Manuel e le osservazioni del Dott. Case su di lui. Bobby disse che gli avrebbe tenuto gli occhi addosso.

Se ne andarono con poca enfasi, ma una folla si era raggruppata a vederli per quella che pensavano fosse l'ultima volta. Quando sparirono oltre la linea degli alberi, verso nord, speravamo tutti nel loro successo e pregavamo in silenzio per il loro ritorno.

Nel frattempo, Phyllis ed io parlammo con alcune persone del piano di fare un rapido raid in città per fare scorta di cibo e vestiario. Abbastanza stranamente, Richie disse di voler andare e fece anche un'osservazione saggia.

"Perché non andiamo di notte? La maggior parte delle creature sono mezze addormentate di notte. Dovrebbe essere più sicuro," disse.

Avrei potuto fare qualche commento sul fatto che gli striscianti dormivano alla luce del sole, ma invece mi appoggiai allo schienale della sedia e ci pensai. Era davvero una buona idea. "Richie, è un'ottima idea!"

Il ragazzo arrossì, ma sembrò anche orgoglioso della lode. Teresa era seduta vicino a lui. Lo guardò raggiante e gli strinse un braccio.

Guardai Phyllis. "Allora andremo stanotte."

"Se tu pensi sia meglio, Paul," rispose.

"Quanto spazio c'è nel freezer?" Chiesi.

"Abbastanza," disse Phyllis. "E anche dopo averlo riempito, ci sarà anche quello di Susan."

E così fu. Non parlammo di Susan e degli altri più di così. Non ci aspettavamo tornassero prima di un giorno almeno, sempre che tornassero.

Per il raid della notte, io avrei guidato il gruppo e avremmo preso l'autobus. Sarebbe venuto Billy Barnes e Richie si offrì volontario. Latisha anche sarebbe venuta, non volle sentire ragioni.

"Pensi di poter prendere il mio autobus stanotte, senza di me?" Chiese. "Provane un'altra, scrittore!"

Lee Adams, l'anziano, si offrì volontario e lo stesso fece sua moglie Bernice. Protestai. Sentivo che non sarebbero dovuti venire, ma Bernice mi azzittì in un attimo.

"Paul, possiamo essere d'aiuto Abbiamo esperienza con le avversità e sai che siamo fidati. Cos'altro vuoi?"

Lee le fece eco. "Sì e sai anche che stiamo in piedi da soli, anche se siamo troppo vecchi per correre."

Ridacchiai a quel commento e fui d'accordo con il fatto che potevano essere d'aiuto.

Phyllis era preoccupata. "Paul, non vuoi che qualcun altro venga con te? Temo non siate abbastanza."

"No, tesoro, se portiamo più gente non avremmo più troppo spazio sull'autobus. Penso che così stiamo bene. Punteremo ad un supermercato e ad un negozio di vestiti. Se trovassimo un grande magazzino che avesse entrambi e non fosse danneggiato, ci fermeremmo lì."

"Non vuoi che venga anch'io?"

"Certo che vorrei, ma chi si prenderà cura dei bambini? Non sappiamo quando torneranno gli altri e, a dire il vero, non so nemmeno il nome della maggior parte di queste persone. No, voglio che tu stia qui con i ragazzi e chiederò anche al Dott. Case di stare all'erta."

A Phyl non piacque, ma non discusse. Era logico.

Partimmo alle sette quella sera. Il sole era tramontato da un po' ed il cielo era poco luminoso. Guidava Latisha. Eravamo tutti armati e Richie portava il lanciafiamme sulle spalle. Latisha si prese tutto il tempo per scendere giù per la strada stretta. Fu un viaggio tranquillo fino a Pine Valley.

"C'è un Wal-Mart fuori città," disse Lee. "Possiamo darci un'occhiata."

Annuii. "Andiamo. Dareste a Latisha le indicazioni stradali?"

"Certo!" Lee venne avanti accanto a Latisha e dopo cinque minuti, eravamo nel parcheggio del centro commerciale.

C'erano poche macchine parcheggiate e sembravano abbandonate. Alcune avevano gli sportelli aperti ed in alcune ancora era accesa una fioca luce. Un paio di auto erano state rovesciate e c'era un'enorme creatura millepiedi morta sotto una delle due. Le luci nel negozio ancora erano accese, quindi i freezer erano ancora in funzione. Latisha guidò lentamente fino a davanti al negozio. Non vedemmo né persone né insetti.

"Dove vuoi che parcheggi, Paul?" Chiese Latisha.

"Proprio davanti alla porta," dissi. "E lascia acceso il motore. Se dobbiamo scappare, non voglio aspettare che il motore si metta in moto."

Latisha portò l'autobus di fronte al lato del supermercato dell'edificio.

Mi alzai e dissi a tutti, "Okay, non baderemo alle taglie per i vestiti. Prendete un carrello e riempitelo. Jeans, biancheria intima, calzini, magliette e giacconi... tutto quello che entra nel vostro carrello. Quando è pieno, portatelo qui e caricate la roba sul retro. Non ci separeremo! Rimaniamo insieme e in guardia! Una volta presi i vestiti, andremo agli alimentari. Siete tutti pronti?"

Lo erano tutti.

"Okay Richie, usa il lanciafiamme solo come ultima risorsa. Non vogliamo dar fuoco al negozio prima di aver preso ciò di cui abbiamo bisogno," dissi.

Latisha aprì le porte e io uscii per primo dall'autobus. Ci radunammo sul marciapiede davanti all'entrata, in ascolto. Non si udiva suono umano. Nessuna conversazione, nessun abbaiare di cane, nessuna auto... niente. Brutto segno.

D'altra parte, non udivamo nemmeno rumori di insetti. Buon segno.

Le prime porte automatiche davanti a noi si aprirono. Entrammo nell'edificio con cautela. Attraversammo con cautela i distributori automatici, le giostre per i bambini e i chioschi video. Le seconde porte automatiche si aprirono ed entrammo proprio nel negozio. Era strano. Non c'era alcun suono, nessuna musica veniva dagli altoparlanti e non c'erano voci. Nessun *beep* dalle casse interruppe il silenzio e non si sentivano carrelli trascinarsi tra gli scaffali.

"Okay, io sono ufficialmente fuori di testa," disse Billy. "Non avevo mai sentito un silenzio simile in un centro commerciale, prima."

"Lo so," dissi. "È come se il mondo si fosse fermato, vero?" Mi guardai di nuovo intorno nel negozio e dissi, "Prendete tutti un carrello. Andiamo a fare rifornimento di abiti."

Prendere i carrelli impilati sembrò un rumore incredibile. Ogni carrello spinto sembrava riprodurre un'eco gigante nel negozio vuoto che tornava da noi spento e lontano. Lentamente, spingemmo i nostri carrelli nel negozio, fermandoci ad ogni intersezione di scaffale e guardandoci intorno per carpire ogni movimento.

"Avete notato?" Chiese Bernice. "Avrei pensato che il negozio a quest'ora sarebbe già stato saccheggiato."

"Sì, è come se nessuno ne avesse avuto il tempo. Gli insetti devono aver colpito in fretta e in modo devastante," rispose Billy.

"Strano," risposi. "Prendiamo quello che ci serve e andiamo."

Arrivammo al reparto vestiario. Iniziammo dai vestiti da donna.

"Prendete roba calda, voi, " disse Latisha. "Felpe, reggiseni, mutandine, jeans... oh, Paul! Dobbiamo prendere anche delle scarpe!"

Iniziammo a gettare vestiti nei carrelli, senza preoccuparci di disegno e taglia. Ci preoccupammo che fossero caldi e vestibili. Se fosse stato per le donne, sarebbe bastato un passeggino.

Avevamo appena riempito due carrelli quando udimmo, "Ehi! Fermi! Fermatevi subito!"

Sobbalzammo tutti e sei al suono di quella voce e alzammo rapidamente le armi. In piedi, vicino ad uno scaffale, puntandoci contro un dito, c'era un ometto vivace con una cravatta. La sua targhetta diceva *Walt – Assistant Manager* ed il suo viso aveva uno sguardo comico di sorpresa. I suoi pantaloni cachi all'improvviso mostrarono una macchia scura che si allargava dal cavallo alle ginocchia. Se l'era fatta sotto per la paura. Avere cinque fucili ed un lanciafiamme puntati verso di te da gente còlta di sorpresa, può provocare queste reazioni.

"V-v-voi n-n-non p-potete s-s-stare qui," balbettò Walt. "All'azienda non piacerà e rubare è contro la legge!" Il suo sguardo terrorizzato cambiò in speranzoso. "Ci dovrebbero essere degli *addebiti*!" Disse quest'ultima cosa come se fosse fondamentale... come se fosse la cosa più importante della sua vita.

Abbassai il mio fucile e feci fare lo stesso agli altri.

"Walt," dissi. "Il mio nome è Paul Stiles. Ho una baita sulle montagne e queste persone sono con me. Abbiamo bisogno di scorte e prenderemo queste." Feci una pausa. "Walt, sai degli insetti? Delle creature?"

Walt iniziò a frugare nella sua tasca non appena gli ebbi detto il mio nome. Quando ebbi finito di parlare, aveva tirato fuori uno dei suoi blocchetti a spirale per prendere appunti. Poi rovistò di nuovo in tasca.

"Hai bisogno di una penna, amico?" Chiese Billy. Ne aveva una in mano e la porse a Walt.

Dio mi perdoni, ma Walt mi ricordò tanto Don Knotts in quel momento e quello mi fece iniziare a ridere. Non ci potei fare niente.

"Cosa c'è di tanto divertente, Paul?" Chiese Lee.

Citai l'Andy Griffith Show. "*Hai il tuo proiettile, Barney?*"

Tutti loro, eccetto Richie, capirono il riferimento e scoppiarono a ridere. Richie era troppo giovane e non aveva mai visto lo show.

Alla fine, la smettemmo. "Quindi, Walt, sai degli insetti, non è vero?"

Walt, che stava scarabocchiando, annuì. Si mise le mani sui fianchi e scoppiò a piangere.

Bernice gli andò vicino e gli mise una mano sulla spalla. Walt rispose al tocco voltandosi e affondando il viso nella spalla di lei. Il suo pianto crebbe e Bernice gli diede delle pacche sulle spalle per alcuni minuti, fino a quando non riprese il controllo. Alla fine si staccò da lei, tirò fuori un fazzoletto e si soffiò il naso sonoramente.

"Walt, tu torni con noi alla baita." Mi voltai al resto del gruppo. "Vero?"

Tutti dissero si sì.

"Grazie." Walt diede una soffiata finale al naso e rimise il fazzoletto in tasca. "So degli insetti. Ne ho ucciso uno in magazzino."

So che la mia bocca si spalancò dalla sorpresa. Billy guardò Walt con uno sguardo diverso, come se lo stesse soppesando. Richie era inespressivo e Latisha annuiva di comprensione.

Anche Lee era sorpreso. "Come ci sei riuscito, figliolo?"

Walt sorrise. "Ho mischiato dell'acido borico con dell'acqua in una tanica di benzina da dieci litri. Poi sono montato sugli scaffali in cima al magazzino e ho aspettato che passasse là sotto. Gli ho innaffiato la testa con quel liquido ed è morto. Dolorosamente." Si fermò. "Era uno di quei cosi lunghi, come quello fuori al parcheggio."

Una creatura millepiedi. Fui impressionato dalla sua semplicità. "Come hai fatto a tenerli fuori dal negozio?"

Il sorriso di Walt si allargò. "Ho spruzzato un'intera tanica di raid ad ogni entrata e ho versato un po' di acido borico ai piedi delle porte sul retro. Ne ho messo anche nel water e negli scarichi."

"Ma è incredibile!" Mi girai agli altri. "Vi rendete conto di quanto è semplice?"

"Qualche volta uso anche la varecchina," aggiunse Walt. "E cloro da piscina. Funzionano tutti: li tengono lontani."

Guardai Billy. Sembrava fulminato come me. "Non posso credere che sia così facile!"

Walt si ritirò su. "Volete vedere quello morto? È sul retro!" Iniziò a camminare verso il magazzino.

"No, no, Walt, va bene così." Alzai la mano per fermarlo. "Ascolta, Walt, abbiamo una bella baita sulla montagna e ti portiamo lì con noi, ci sei solo tu qui?"

Walt scosse la testa. "No, ci sono altri due qui con me."

Annuii. "Bene, Verranno anche loro, ma ora abbiamo bisogno di iniziare a caricare le scorte nell'autobus e dobbiamo prendere anche altre cose... come l'acido borico, la candeggina e il cloro."

Walt agitò le mani verso il soffitto. C'era una telecamera lì, sotto un globo annerito. Presto un altro uomo ed una ragazza ci raggiunsero.

Walt li presentò. L'uomo era Carlton e la donna era Heather.

"Piacere di conoscervi, gente. Vogliamo iniziare?" Iniziai a mettere di nuovo roba nei carrelli.

Con nove persone al lavoro, avemmo presto abbastanza vestiti, sapone, fornelli da campeggio e agenti chimici. Riempimmo metà dell'autobus. Ora era il momento della roba congelata.

Latisha era pronta a muoversi. "Mi sento nervosa, Paul. Dobbiamo andare via."

Billy era d'accordo. "Sì, mi sento allo stesso modo, ragazzi."

Sentii la pelle d'oca sulle braccia. "Anch'io." Mi voltai verso Heather che era vicino a Richie. "Heather, non ci sono insetti la notte qui, vero?"

Scosse la testa. "Di solito, no, a meno che non conti anche quelle cose tipo falene. Danno la caccia ai lampioni del parcheggio."

Mi sentii gelare. "Quanto sono grandi?"

"Come la testa di una persona. Non grandissime comparate ad altri insetti."

"Danno la caccia anche alle persone?"

Di nuovo, Heather scosse la testa. "Non c'è stata gente in giro da quando sono apparse queste cose-falene."

Quello non mi diceva assolutamente niente. Da una parte quelle cose potevano essere innocue, dall'altra, potevano essere mortali.

Feci un annuncio a tutti. "Va bene, riempite tutti i vostri carrelli con carne fresca. Possiamo usarne un po' subito e congelarne il resto, quindi, prendete tutto quello che potete. Io riempirò un carrello di verdure congelate. Un carrello per uno e poi ce ne andiamo. Ho un brutto presentimento."

Credo che tutti avessero quel brutto presentimento, perché riempimmo tutti e nove i carrelli in dieci minuti. Ci mettemmo in fila alla porta.

"Okay, come prima. Portiamo fuori i carrelli e in fila portiamo la roba nell'autobus passandocela. Andiamo!" Aprii la strada.

Fuori, Richie e Billy si misero ai lati per fare la guardia. Lee, Bernice e Latisha erano nell'autobus, mettendo via il cibo. Walt ed io eravamo fuori alle porte, a passare il cibo. Carlton e Heather formavano il resto della fila. Quando vuotavamo un carrello, lo spingevamo via e andavamo al successivo.

Billy disse piano, "Arrivano."

Mi girai a guardare e dal lato nord del parcheggio, arrivavano le creature falene. Se ne staccarono un paio dal gruppo e si diressero in sciame verso un'altra luce. Se ne staccarono altre e si diressero ad una terza luce.

Avevamo forse trenta secondi prima che fossero sopra di noi.

"Walt, afferra il carrello! Lo carichiamo direttamente nell'autobus con noi!" Sollevai il mio lato e Walt prese l'altro e lo mettemmo sull'autobus. Latisha si sistemò al posto di guida e anche Richie salì a bordo.

Stavo andando nel panico. "Billy! Andiamo!"

Billy salì a bordo e, proprio quando Latisha chiuse le porte, potemmo sentire le falene che colpivano ripetutamente il fianco dell'autobus.

"Supponete ancora che siano innocue?" Chiese Latisha.

Io ero ancora in modalità panico. "Che ti frega? Andiamocene!"

Latisha non aveva bisogno di ulteriori stimoli. Premette sul gas e il bus si spostò dall'ingresso del negozio. Il grande veicolo eruttò una nube grigio-nera dal tubo di scappamento. Quel fumo era apparentemente troppo perché le falene lo sopportassero, così non disturbarono più l'autobus. Si limitavano a svolazzare intorno alle luci del parcheggio. Un paio si diressero verso i fari del bus, ma sbatterono, finirono sul marciapiede e le ruote le schiacciarono. L'autobus lasciò il parcheggio con uno stridio di pneumatici.

Mentre guidavamo per le strade deserte di Pine Valley, iniziammo tutti a rilassarci un po'. Cominciavamo a considerare di aver portato a termine il raid scorte con successo. Walt, Carlton e Heather si erano uniti a noi ed eravamo sulla strada di casa.

"Paul." Latisha aveva parlato così piano che quasi non l'avevo udita.

Mi spostai vicino a lei. "Che c'è Latisha?"

Agitò una mano sopra di lei. "Continuo a vedere cose. È come se fossero proprio al limite della visuale dei fari, ma quando la luce le inquadra, si nascondono."

"Insetti?"

"Latisha annuì. "Di sicuro non sono persone."

"Sei sicura?"

Rise sarcastica. "Sono troppo grossi, Paul."

Mi voltai verso gli altri. "Ci sono dei grossi insetti che ballano al limite dei nostri fari. Oltre agli striscianti, quali insetti ci sono notturni?"

"Le lucciole!" Gridò Heather.

"I millepiedi," disse Walt.

"Le zanzare," disse Richie.

"I ragni," aggiunse Carlton.

Rabbrividii. Se ci fossero stati anche i ragni tra i mutati, solo Dio poteva aiutarci.

"Falene, ma le abbiamo già viste," disse Billy.

"E che ne dite delle formiche? Escono di notte?" Chiese Bernice.

"Lo so che è una cosa schifosa, ma io e Bernice lo sappiamo bene perché vivevamo in Florida: le blatte..." disse Lee.

Ebbi un brivido gelato lungo la schiena e poi un pensiero: le blatte crescono in fretta e mangiano di tutto. Erano quasi impossibili da uccidere e gli scienziati dicevano che sarebbero stati gli unici, gli scarafaggi, a sopravvivere all'olocausto nucleare.

E il freddo non li disturbava affatto.

Sicuramente quegli scienziati russi non sarebbero stati così idioti da usare gli scarafaggi, non importa quanto li avrebbero pagati i terroristi islamici. Se l'avevano fatto, l'umanità era sicuramente spacciata.

Veramente, il pensiero delle formiche non era meno inquietante. Le formiche scavavano tunnel nel sottosuolo e potevano sollevare molte volte il loro peso. Se le formiche fossero state geneticamente alterate, non ci sarebbe stato alcun posto sicuro sulla terra.

Mi chinai su Latisha. La mia voce era molto bassa, "Non ti fermare se non devi. Dobbiamo andarcene da qui. Venire di notte forse non è stato un piano così buono."

La voce di Latisha fu altrettanto bassa. "Paul, dovevamo venire, non importa a che orario. Cibo, vestiario e le altre scorte... non sarebbero venute certo loro lassù alla baita."

Annuii. "Lo so."

Gli occhi di Latisha si spalancarono. "Oh, meeerda!" Frenò di colpo.

Davanti a noi, sulla strada, c'era un millepiedi. Era grande quanto una locomotiva diesel. Nella bocca portava una mucca che muggiva pietosamente, ovviamente di dolore. La mucca fu probabilmente l'unica ragione per cui non si diresse verso di noi.

La vedemmo tutti, ma l'unico suono uscì da Billy. "Non penso di voler andare addosso a quella cosa."

Dopo che la creatura ci ebbe passati, Latisha riguadagnò velocità lentamente. Non avemmo altri incidenti con gli insetti nel nostro percorso verso casa.

Capitolo 10

Quando arrivammo alla baita, Phyllis ci stava aspettando sul portico. Il Dott. Case sedeva con lei sulla seconda sedia a dondolo. Entrambi erano armati.

Li presentai a Walt, Heather e Carlton e gli raccontammo del nostro viaggio. Quando finimmo la nostra storia, la maggior parte delle altre persone della baita ci avevano raggiunto e avevano ascoltato. Solo i bambini stavano ancora dormendo. Quando arrivai alla parte del millepiedi e della mucca, ci furono un paio di gemiti, sia perché teneva in bocca una mucca, sia per la taglia della bestia.

Per essere onesto e giusto con queste persone, condividemmo la parte delle creature fuori dalla luce dei fari e le nostre ipotesi su cosa potessero essere. Raccontai le mie paure su blatte e formiche e cosa sarebbe potuto accadere se il DNA di quegli insetti fosse stato usato dagli scienziati russi.

Un uomo, dietro, fece una domanda. "Quindi stai dicendo che ci sono formiche giganti qui sotto di noi, nella montagna, adesso?"

Scossi la testa. "Non è quello che ho detto. Ho detto che se esistessero, potrebbero esserci. Lavoriamo alla cieca, qui, gente. Non abbiamo modo di sapere di sicuro se è stato usato anche il DNA di queste creature."

L'uomo continuò a discutere. "Ma, in quel caso, potrebbero spuntare da sotto terra in qualunque momento! Se fosse vero, potrebbero uscire fuori anche adesso e mangiarci tutti!"

"È solo una possibilità remota, non sappiamo se esistono davvero!"

L'uomo non aveva alcuna intenzione di desistere nel suo tono belligerante. "Beh, e allora che diavolo sai, amico?"

"Ora, sai tutto quello che so. Il resto è tutta speculazione, con nessun fatto a supportarla. Quindi cerchiamo di evitare di terrorizzare la gente, va bene?" Mi asciugai la fronte. "Voglio solo che tutti conoscano i fatti. Non abbiamo tratto alcuna conclusione, perché sarebbe da stupidi trarre conclusioni su teorie non supportate da alcun riscontro."

L'uomo si zittì, ma potei vedere che le sue parole avevano colpito molti dei presenti. La paura sui loro volti, li tradiva.

"Scarichiamo il cibo e poi andiamo a dormire," dissi. "Presto sarà l'alba. Potremo scaricare il resto durante la giornata."

Molti, ma non tutti, aiutarono a scaricare il cibo. Altri girovagarono lì intorno e poi, pian piano, sparirono.

Phyllis mi disse che se fossimo scesi di nuovo a cercare scorte, avremmo potuto riempire il freezer di Susan.

Quando io e lei fummo soli, Phyllis volle parlarmi.

"Paul, hai spaventato molti di loro stanotte."

Annuii. "Lo so."

"Era tua intenzione?"

Ci pensai per un momento. "Forse non spaventare, ma renderli consci delle possibilità."

"Ho paura che alcune di queste possibilità possano spingere alcuni di loro ad andarsene."

La guardai negli occhi. "Potrebbe non essere un male, Phyl."

"Paul!"

"Finora ho detto che chi non voleva stare alle mie regole, poteva andarsene. Se hanno troppa paura per affrontare la possibilità che queste creature si presentino e pensano di poter far meglio altrove, possono anche andarsene. Darò loro cibo e acqua per alcuni giorni e gli augurerò buona fortuna... proprio come ho fatto con Ben." Mi tolsi la maglietta e la gettai sulla poltrona. "Se pensano di poter trovare un posto migliore, o qualcun altro che possa guidarli, preferisco se ne vadano. Non li voglio qui a seminare sconforto e disfattismo."

"Ma è la cosa giusta da fare?"

"Non lo so e non mi importa. Devo fare quello che sento sia giusto per il gruppo. Non posso piacere a tutti, non importa quali scelte faccio."

DOPO CHE IL SOLE FU sorto, anche io mi alzai. Phyllis si era già alzata ed era scesa giù a preparare la colazione a tutti. Non ero riuscito a dormire molto bene, quindi decisi che era assolutamente necessaria una tazza di caffè.

Teresa mi venne incontro ai piedi delle scale. "Phyllis vuole vederti."

Annuii per ringraziare la ragazza e chiesi, "Cucina?"

Teresa annuì.

Entrai in cucina e trovai Phyllis e Bernice che preparavano la colazione.

"Ciao cara," dissi. "Teresa mi ha detto che mi cercavi."

"Abbiamo perso quasi venti persone questa notte."

"Cosa?"

Phyllis si girò a guardarmi. "Ho detto che abbiamo perso quasi 20 persone questa notte. Dopo che voi siete andati a dormire."

"Venti?" Mi sedetti pesantemente in una delle sedie della cucina.

Bernice chiuse una busta dell'immondizia. "Latisha ha detto che la maggior parte erano suoi passeggeri. Anche alcuni bambini."

Billy era appena entrato in cucina con Lee. "Hanno preso un po' di armi e munizioni e cibo per qualche giorno."

Lee mi guardò, non volendomi fare la domanda che mi ronzava in testa, comunque mi chiese, "Dovremmo seguirli?"

"No." Scossi la testa con fermezza. "È stata una loro scelta. Questa non è una dannata prigione e io non sono una cazzo di guardia carceraria. Se qualcuno decide di voler andare, allora dirò una preghiera per lui e andrò avanti."

Billy sorrise. "Sono contento di sentirtelo dire, Paul. Avevamo pura che volessi fare qualcosa di stupido."

Scossi di nuovo la testa. "No, se non vogliono restare, non abbiamo bisogno di loro. Sarà cinico, ma il cibo ci durerà di più!"

Non fu detto più nulla su chi se ne era andato.

Dopo colazione, misi Teresa, Heather, Richie, Keith e Clarissa a lavorare per scaricare il resto del carico della sera prima. Mentre scaricavano, Richie era andato di fronte all'autobus.

"Paul, dovresti venire a vedere questo."

Lo raggiunsi. Incastrato nella griglia c'era una di quelle creature-falene. Le sue ali ancora si muovevano.

"Richie, vai a chiamare il Dott. Case. Veloce."

Richie corse alla baita ed entrò. Meno di trenta secondi dopo il Dottore uscì di corsa con Richie dietro, sbandò per fermarsi vicino a me. "Oh, è fantastico! È ancora viva! Abbiamo qualcosa in cui metterla? Devo studiare questa creatura il più possibile, mentre è ancora viva."

Schioccai le dita. "Ho la cosa che fa per te! Keith, Clarissa, venite qui!"

Arrivò Keith. Mi chinai su di lui e gli sussurrai all'orecchio cosa volevo e dove si trovava. Corse nella baita a prenderlo. A Clarissa, feci la stessa cosa e lei corse sul retro della baita con un sorriso entusiasta.

La creatura sembrava in parte falena e in parte mosca. Le sue ali, da quello che potevamo vedere, erano coperte dello stesso tipo di polvere delle falene, ma il suo corpo era compatto e aveva l'aspetto di una mosca. La sua coda era di un verde bluastro e potevamo distinguere quattro zampe. Questo è quello che potevamo vedere fino a quando non la tirammo fuori dalla griglia.

Clarissa fu la prima a tornare, portando un piccolo pezzo di compensato e un paio di pesanti guanti da lavoro.

Quando mi porse i due articoli, Keith venne fuori dalla casa con il suo compito: un acquario da quaranta litri.

"Perfetto! Grazie, ragazzi!" Disse estasiato il dottore.

Mi misi i guanti e dissi al dottore cosa volevo. "Ora proverò a tirare fuori questa cosa gentilmente. Una volta che l'avrò fatto, la metterò nell'acquario. Doc, tu mettici subito sopra il compensato, va bene?"

Il dottore aveva il pezzo di legno in mano. Annuì. "Ok, io sono pronto, quando lo sei tu!"

La cosa sembrava pesare meno di 5 chili. Il corpo era appena più grande di un porcellino d'India. Mi allungai e toccai la cosa nel modo più gentile che potevo. Era proprio incastrata nella griglia, ma con una piccola manovra, potei tirarla fuori. Sentii i ragazzi gemere e Teresa disse, "Oddio!" Misi la creatura nell'acquario e il Dottore lo serrò.

Ancora non avevo visto la faccia della cosa, ma ora riuscii a farlo.

Il suo viso era quasi umano. Aveva quello che sembrava un naso umano che sembrava rotto. Il 'naso' sanguinava, colando melma nera. Aveva un taglio sotto di esso, con labbra perfettamente formate e un mento sottile. Lì era dove finiva la rassomiglianza umana, comunque. Apriva e chiudeva la bocca per respirare e la bocca era piena di sottili denti aguzzi. La lingua sporgeva dalla bocca ed era lunga come il corpo ed era nera come la notte. Aveva due occhi posti ai lati del naso rotto ed erano bianchicci e vuoti.

Due cose mi colpirono subito. Queste creature erano striscianti cresciuti completamente e avevano DNA umano.

Furono gli occhi vuoti che mi fecero capire da cosa avevano origine quelle cose.

Dissi al Dott. Case la mia ipotesi.

"Potresti aver ragione, Paul. Spiegherebbe perché le persone infettate ancora sono in grado di 'funzionare' dopo che le uova hanno iniziato a schiudersi. I corpi infetti riconoscono il DNA umano. Quando i corpi capiscono che le larve sono pericolose, è troppo tardi per il corpo per reagire."

La creatura all'improvviso iniziò a fare un verso stridulo con il naso e iniziò a sbattere le ali istericamente nell'acquario, nel tentativo di scappare dalla sua prigione.

Richie mise subito una grossa roccia sul compensato, si sperava fosse pesante abbastanza per impedire alla falena di fuggire.

"Paul, mi aiuteresti a portare la creatura nel mio studio?" Chiese il Dott. Case.

"Sarà sicuro?"

Case studiò l'acquario. "Penso di sì. Non uscirà da lì viva."

Guardai negli occhi del dottore. Annuì per rassicurarmi. Io annuii per palesare che ero d'accordo ed entrambi sollevammo il contenitore. Non era pesante affatto, ma nessuno di noi voleva che il nostro prigioniero si agitasse troppo e spostasse il compensato, mentre una sola persona lo stava trasportando.

Quando arrivammo al portico della baita, chiamai i ragazzi. "Keith, Clarissa! Continuate a scaricare l'autobus per favore!"

Tornarono al veicolo ed iniziarono a scaricare abiti e prodotti chimici.

Phyllis ci incontrò sulla porta. "Paul Stiles, tu non porterai quella cosa nella nostra baita!"

"Phyllis, dobbiamo. Il Dott. Case può darci delle risposte."

"Il Dott. Case ci farà uccidere tutti!"

"Phyllis, siamo già dentro. Stiamo attenti e terremo la porta dello studio chiusa. Non vivrà abbastanza per uccidere qualcuno."

"E come lo sai? Hai la palla di vetro?"

"Phyllis, basta, per favore!"

Phyllis corse in cucina, piangendo.

Lanciai delle occhiate omicide al dottore. "Spero che ne valga davvero la pena!"

Avevo notato una cosa del nostro ospite. Una volta dentro, al riparo dalla luce del sole, aveva smesso di agitarsi e tentare di scappare. Stava fermo e tranquillo sul fondo della sua prigione di vetro e ci guardava con attenzione.

Mettemmo già l'acquario con attenzione sul piano di metallo dell'ambulanza che il dottore usava come tavolo per le visite. Doc girò intorno per osservare la faccia della cosa.

"Incredibile," mormorò tra sé, appena udibile. Si girò a guardarmi. "Potevi pensare che avessero usato il DNA umano in questo modo?"

"Sì che potevo e mi fa girare i coglioni!"

Case sembrava un po' sconvolto. "Sì, anche a me, ma è affascinante! Come riesce a vivere questa cosa? Cosa mangia? Come si riproduce? Come fanno le sue uova ad entrare nel corpo umano?"

"Alcune di queste cose non le scopriremo mai, non è vero, Doc?" Cercai di non far sembrare il mio tono minaccioso, ma davvero non avevo intenzione di approfondire i metodi riproduttivi di quella creatura.

Case sorrise. "No, non scopriremo come fanno le uova ad entrare nel corpo umano, o almeno lo spero." Alzò le spalle. "Se lo faremo, non sarà grazie a questo esemplare, a meno che non provenga in qualche modo dai tuo guanti."

Abbassai lo sguardo. Li avevo ancora indosso. Me li tolsi di corsa e lasciai il dottore ai suoi studi. Andai in cucina e presi una busta di quelle per congelare da 4 litri, quelle con le strisce gialle e blu che diventano verdi quando sono ben sigillate. Ci buttai dentro i guanti, la sigillai e mi lavai le mani accuratamente. La busta finì nel cestino, che poi portai fuori e bruciai. Poi tornai in casa e mi lavai di nuovo le mani.

La paranoia è un grande motivatore.

Ora dovevo ingoiare tutta la mia paranoia e trovare Phyllis, così da convincerla che la sua di paranoia non era qualcosa di cui preoccuparsi.

Capitolo 11

Un'ora dopo, con le orecchie che ancora rimbombavano dalla sbraitata che la mia dolce mogliettina mi aveva propinato, sentii di nuovo Keith gridare dal cortile d'ingresso, "Papà! Papà! Vieni qui! Papààààà!"

Corsi fuori a vedere qual era il problema.

Keith mi vide e indicò, gridando, "Guarda!"

Guardai nella direzione che indicava e quello che vidi mi scioccò.

Michael, Susan, Manuel e Bobby stavano emergendo tra gli alberi. Bobby teneva una fune. Legata a quella fune e trascinata c'era una di quelle creature volanti dietro alle quali erano partiti. Era trainata a testa in avanti e la corda era annodata in bardature elaborate. Le ali erano fissate con nastro adesivo al corpo. Anch'essa aveva occhi bianchicci e vuoti, ma anche con quelli, suggeriva un incredibile sentimento di rabbia nei nostri confronti.

Mi guardai intorno. "Bentornati! E vedo che avete portato un visitatore!" Guardai tra gli alberi. "Bobby, dov'è Nick?"

Bobby scosse la testa. "Lunga storia. Ti racconteremo tutto dopo. Siamo esausti. Dov'è il Dott. Case?"

"Keith, va a chiamare il dottore, sbrigati!" Disse a mio figlio.

"Abbiamo trovato il nido. È andato. Questo è il solo sopravvissuto, almeno per quello che ne sappiamo," ansimò un esausto Michael.

"Vivo, come ha ordinato il dottore," aggiunse Susan.

Manuel mormorò qualcosa in spagnolo, che terminava con la parola *muerte*.

Morte.

Su quell'allegra nota, il Dott. Case si precipitò all'ingresso della baita. Si fermò a mezzo metro dal grande trofeo di Bobby. La sua voce si sentiva a malapena.

"Oh mio Dio!"

"Ascolta dottore, non avvicinarti troppo al culo di quella cosa. Fidati. Non è *solo* un pungiglione." La faccia di Michael mostrò disgusto.

"Che vuoi dire?" Chiese il dottore.

Bobby sospirò. " È anche un organo riproduttivo. L'abbiamo visto con Tyrese e Pablo. Queste cose avevano lasciato delle uova dentro di loro. Le uova si sono schiuse ed entrambi gli uomini erano ancora vivi."

A quel punto la creatura urlò. Ancora, come quella che aveva urlato in cortile durante l'attacco degli insetti volanti, il suono era alto e stridulo. La sua antenna vibrò con l'urlo e il muso era tutto aperto. Dopo qualche secondo, l'urlo scemò.

"Oh sì," disse Susan. "Abbiamo dimenticato di dirti che ogni tanto fa così. Come se chiamasse aiuto."

La guardai. "E voi avete spazzato via il suo nido e tutto quello che era vivo lì dentro?"

Susan annuì. "Sì."

Bobby era sull'orlo di un crollo. "Spero che non ce ne siamo altre." Mi porse la fune. "Vado a sdraiarmi su qualcosa di soffice e voglio dormire per un giorno o due. Prego, Dott. Case."

Il dottore si ridestò e disse, "Oh, sì! Grazie, Bobby!"

Dopo che Bobby ed il resto della sua squadra entrarono nella baita, diedi la fune al dottore. "Ecco qua, Doc. Questo *non* lo porterai dentro la baita!"

QUELLA SERA CI RIUNIMMO tutti fuori, sotto le stelle. La temperatura era tiepida, sui 13 gradi, non era troppo freddo per godersi la notte. Avevano tutti le giacche o maglie extra addosso, quindi il raid dei vestiti era stato un successo.

Le sedie a dondolo e i gradini del portico erano riservati ai membri del gruppo 'cerca e distruggi'. Tutti volevano sentire la storia, così dopo cena, ci riunimmo tutti insieme.

Iniziò Bobby. "Ci sono due cose che devo dire prima di iniziare questa storia. Una è che non abbiamo visto nessuna forma di vita selvatica, eccetto qualche uccello. Quindi, a meno che queste creature non possano essere mangiate in modo sicuro come carne, siamo nei guai da quel lato. Secondo, quegli insetti-vespa non sono gli unici insetti su questa montagna."

Ci fu un gemito collettivo a quell'annuncio. Il dottore non sembrava sorpreso e io lo sospettavo già.

Bobby continuò. "Ho una teoria su questo. Se non mi sbaglio, la maggior parte di queste creature sono a sangue caldo ed hanno polmoni."

Il dottore annuì a quella asserzione.

"Il dottore è d'accordo, quindi se queste creature hanno sangue caldo e polmoni... beh, le montagne non sono così sicure come ci è stato detto." Ci furono mormorii tra la folla. Bobby alzò una mano. "È così sorprendente. Noi chiamiamo queste cose 'insetti', ma hanno DNA di altri animali e anche di... umani."

Mormorii di consenso si diffusero. La maggior parte di loro avevano visto la creatura-falena ad un certo punto della giornata.

Bobby mi guardò e poi diede uno sguardo alle persone intorno. "Noi siamo partiti e abbiamo percorso quasi un chilometro e mezzo, quando siamo giunti ad una grande collina di detriti. C'era un'apertura in cima alla collina, ma noi non ci siamo avventurati così vicino da vedere cosa ci fosse dentro. Abbiamo visto uno dei suoi residenti entrarci e non ci piacevano nemmeno un po'."

Manuel sembrò molto spaventato. "Erano grosso modo formiche! Grandi, brutte cose!"

Bobby annuì. "Sembravano avere molte parti di formica. Le abbiamo lasciate stare, perché non cercavamo loro. Ci siamo dovuti nascondere altre due volte durante il successivo chilometro e mezzo, entrambe le volte per sfuggire alle creature millepiedi. Una portava un maiale morto."

Interruppi Bobby per raccontargli del millepiedi di Pine Valley che portava una mucca.

Bobby annuì. "Sembrano essere pericolosi, ma non si muovono in fretta. Siamo stati in grado di seminarne uno che ci dava la caccia. Abbiamo solo corso e non è riuscito a starci dietro."

"Quando avevamo percorso circa 8 km, abbiamo sentito un ronzio molto prima di vedere il nido. Le creature-vespe avevano trovato una cavità naturale da usare come nido."

Keith alzò la voce. "Conosco quella grotta! Ti ricordi, papà? Ci abbiamo fatto un'escursione l'anno scorso!"

Sorrisi e annuii. "Mi ricordo."

Bobby sorrise. "Mi fa piacere che tu conosca il posto. Nick si è offerto volontario per dare un'occhiata all'entrata, per vedere cosa avremmo potuto fare. Aveva appena sbirciato all'interno, quando una delle creature, forse una sentinella, è uscita dalla grotta. Si è lanciata su di lui, lo ha artigliato e ha punto il suo corpo varie volte con il suo pungiglione. Poi lo ha portato dentro al nido e Nick ha urlato per tutto il tempo." Bobby si asciugò la fronte con la mano. "All'improvviso l'urlo si è interrotto, proprio a metà. Non sappiamo cosa gli sia successo, ma sapevamo che oramai era andato."

Bobby sorseggiò il caffè dalla tazza che teneva in mano.

Susan continuò la storia. "Quando Nick è stato portato nel nido ci ha preso un colpo. Volevo farmi strada lì dentro con la forza ed iniziare a sparare a tutto. Manuel mi ha trattenuto, sia benedetto... perché quello che poi abbiamo fatto è stato brillante."

"Abbiamo notato che le rocce sopra alla grotta sembravano più allentate di quanto dovessero essere, così a Bobby è venuto in mente un piano."

Michael aggiunse, "È stato fantastico come ha funzionato!"

Manuel annuì, "Sì, Michael ed io ci siamo mossi in circolo fino ad essere a distanza di tiro dalle rocce. Bobby e Susan si sono spostati tanto da coprire l'entrata con i lanciafiamme."

Riuscii a capire qual era stato il loro piano e anche gli altri. Sorrisi tra me, perché era un bel piano.

Susan rise. "Quando Bobby ed io abbiamo aperto il fuoco sull'entrata per tenere dentro le creature, Manuel e Michael hanno tirato ognuno una granata sulle rocce sopra all'entrata. Quando le granate sono esplose, la roccia ha chiuso la grotta e le vespe sono rimaste intrappolate dentro."

"Il nostro prigioniero di guerra era all'esterno quando abbiamo attaccato e ha provato a rientrare. Un masso si è allentato ed è caduto dalla collina proprio sulla sua testa," aggiunse Bobby. "Visto che era incosciente, lo abbiamo avvolto e legato il più velocemente possibile. Altrimenti, il dottore non avrebbe avuto esemplare."

Come ad un segnale, la creatura urlò ancora.

Bobby scosse la testa. "Questa cosa la sta facendo sin da stamattina appena svegli!"

"Sei assolutamente sicuro che quelle cose non possano uscire dalla grotta?" Chiesi.

"A meno che non ci sia un'altra uscita o quelle cose siano più forti di quello che penso, non vedo come potrebbero," rispose Bobby.

Pensavo tra me che forse le creature non erano abbastanza forti, ma cosa sarebbe successo se le creature-formica che avevano incontrato, lo erano? Potevano due diverse specie di queste cose lavorare insieme? E potevano comunicare tra loro? Dovevo prendere da parte Bobby, Michael e il Dott. case e parlare con loro da soli.

Quella frase suppergiù fece finire quella riunione. Non eravamo più un grosso gruppo come prima, ma eravamo ancora un gruppo importante.

Bobby venne da me e Phyl e mi chiese cos'era successo. "Qualcuno se n'è andato?"

Gli rispose Phyllis. "Sì, circa venti persone, proprio dopo che Paul è tornato dalla spedizione a Pine Valley. Sono scappati via durante la notte."

Io aggiunsi, "E potremmo perderne altri, visto che hai parlato del nido di formiche. Per quello e per il fatto che ci sono altri insetti sulla montagna."

Bobby scosse la testa. "Odio vederli andar via, ma potremmo cavarcela meglio senza di loro."

"Anche tu?" Disse Phyllis. "Questo è esattamente quello che ha detto Paul!"

Bobby alzò le spalle. "Guarda che magari hanno ragione loro. Magari spostarsi di continuo è maglio di stare in un solo posto. Ancora non possiamo saperlo."

Abbassai la voce. "Vorrei parlare con te e Michael. Penso che ci potremmo vedere con il Dott. Case nel suo studio alle dieci, che ne dici?"

Bobby annuì. "Certo. Fammi avvertire Michael."

Dissi a Phyllis che sarei andato a letto tardi e andai a trovare il dottore.

NOI QUATTRO CI RITROVAMMO nel mio vecchio studio. La cosa-falena ci osservava con i suoi occhi vuoti.

Iniziai a parlare. "Ho un paio di cose che voglio... no, che devo sapere e voglio un riscontro da tutti voi."

Tutti annuirono.

"Mi è successo qualcosa durante la storia che avete raccontato e ho bisogno di alcuni dettagli. Queste specie diverse, possono comunicare tra di loro? Possono lavorare insieme? Cos'hai scoperto, Jeremiah?"

Il dottore incrociò le braccia e ci pensò un minuto buono. "Ho notato che da quando la squadra ha riportato la creatura-vespa, il suo compagno qui si è calmato considerevolmente." Diede un colpetto al compensato sull'acquario. "È possibile, credo." Annuì, principalmente a sé stesso. "Probabilmente, anzi è proprio probabile. Non conosco esempi di insetti che si attacchino tra di loro." Alzò lo sguardo su di noi. "Quindi, se dovessi tirare ad indovinare, direi di sì, possono comunicare."

"Oh, merda," disse Michael.

"Non è una buona notizia," concordò Bobby.

Mi alzai. "Dobbiamo uccidere subito entrambe le creature, prima che possano comunicare altro su dove siamo."

Michael si alzò. "Se non l'hanno già fatto."

Il dottore annuì. "Okay, io mi occuperò di questa. Penso che un proiettile in testa sistemerà l'altra."

"Ci sto," disse Bobby.

"Vengo anche io," dissi. "Michael, vuoi aiutare il dottore?"

"Certo."

"Bene, Bobby ed io saremo di ritorno tra qualche minuto."

Quando lasciammo la stanza, il Dott. Case stava aprendo la bottiglia di cloroformio e preparando un panno.

Quando uscimmo, la creatura-vespa urlava ancora.

"È quasi come se chiamasse a raccolta le truppe," dissi. "E se lo sta facendo siamo nei guai seri."

Bobby mise una cartuccia nel caricatore mentre ci avviavamo. "Probabilmente, siamo già in guai seri, Paulie."

La creatura era dietro alla baita, lasciata all'aperto. Arrivati lì, Bobby puntò la canna alla testa della cosa e premette il grilletto. La testa della cosa esplose e il suo corpo si accasciò. Era morta, da quello che potevamo vedere. Bobby mise un'altra cartuccia nel caricatore e le sparò nel petto. Anche questo esplose.

"Dovrebbe bastare," disse con calma, girandosi e tornando alla baita.

Seguii da dietro il mio amico poliziotto, perso nei miei pensieri. Non avevo notato, fino a che non ci fermammo, che Bobby non era andato verso la baita. Si era fermato di alto all'autocisterna e stava riempendo una delle taniche da venti litri.

Compresi che stavamo per dar fuoco alla creatura e presi un'altra tanica.

Bobby inzuppò la creatura copiosamente con l'intera tanica e tirò fuori un paio di scatole di fiammiferi. La creatura bruciò con un sonoro '*wooof*' e noi restammo lì a guardarla bruciare.

"Paul, posso badare io qui se entri a prendere l'altra. Dobbiamo arrostire anche quella."

"Buona idea, torno subito."

Appena entrato nella baita, m'imbattei nel dottore e Michael che portavano l'acquario. La falena era morta.

"Stecchita," disse Michael. "La stiamo portando fuori, non la vogliamo qui."

"Bene," risposi. "Portatela sul retro, stiamo bruciando quella grande e ci metteremo insieme questa."

Quando arrivammo sul retro, la creatura-vespa stava ancora bruciando. Tolsi il compensato dall'acquario e lo gettai sul fuoco. Il dottore gettò sia la creatura che l'acquario tra le fiamme.

Il dottore era molto serio, quando disse, "Speriamo che sia finita, per un po'."

Potevamo solo pregare che la sua richiesta fosse esaudita.

IL MATTINO SUCCESSIVO, dopo colazione, Richie corse dentro la baita a cercarmi.

"Paul! Devi venire subito! Billy ha sentito qualcosa dalla radio dell'autocisterna!"

Sono sicuro che i miei occhi fossero grandi come padelle quando uscii fuori con Richie e salii sulla cabina del veicolo. Bobby era già lì e anche Michael.

"È vero?" Chiesi senza fiato.

Bobby aveva un sorriso a 32 denti. "Ascolta tu stesso!" Indicò l'interno della cabina.

Billy era seduto all'interno dell'autocisterna, in ascolto delle trasmissioni. "Ho provato a rispondere, ma sembra che siamo troppo lontani da loro. La radio non ha abbastanza campo per raggiungerli. Devono stare incrementando la loro potenza in qualche modo."

La radio prese vita. "Questa è la base Aerea di Fort Simon. Siamo a 30 km a nordovest di Pine Valley. Tutti i civili sono benvenuti qui, se riuscite ad arrivarci in sicurezza. Gli insetti hanno il controllo della maggior parte del mondo, ma qui siamo al sicuro, abbiamo cibo, acqua e riparo."

Ci fu una pausa e poi la trasmissione riprese. C'erano variazioni nel messaggio, quindi non era una registrazione.

La voce alla radio ricominciò a parlare. "Ciao! È bello sentirvi! Qual è la vostra posizione?"

"Stanno parlando con qualcuno!" disse Billy.

"Ehi, fantastico! Certo che abbiamo posto. I nostri ricognitori hanno riportato che ci sono alcune creature millepiedi tra voi e la base, ma dovreste riuscire ad evitarle facilmente."

Ascoltammo in silenzio, poi la voce tornò.

Possiamo mandarvi una scorta se volete. Abbiamo squadre di quattro volontari ognuna che mandiamo fuori ogni volta che contattiamo un nuovo gruppo. Vi scorteranno e vi aiuteranno a respingere qualsiasi attacco di insetti."

Ancora silenzio.

Poi tornò la voce e lo speaker rideva. "Sono il Sergente Hayes, signore. Sarò lieto di incontrarvi anche io. Vi manderemo una squadra dove siete e vi riporteranno qui sani e salvi. Vi devo chiedere di cambiare su un altro canale, il canale 13, così su questo possiamo continuare a trasmettere. Buona fortuna!"

Silenzio e poi il Sergente Hayes iniziò a trasmettere quello che avevamo sentito prima.

Billy spense la radio. Restammo tutti zitti per un momento.

Ruppi io il silenzio. "Accidenti, 30 km, ma con insetti."

Bobby era d'accordo. "Sì, insetti."

Sospirai. "Okay, è ora di una riunione, credo. Devono sapere tutti della base dell'esercito e credo che possiamo mettere ai voti se andare o no." Li guardai. "Vi spiacerebbe, ragazzi, darmi una mano ad avvertire tutti? Ci vediamo sul cortile d'ingresso."

Tutti furono d'accordo e andarono a chiamare il gruppo di superstiti.

VENTI MINUTI PIÙ TARDI, tutti sapevano quello che sapevamo noi.

Un uomo, sul retro del gruppo, disse, "Quindi ci stai dicendo che dovremmo andare a questa Base dell'Aeronautica?"

Scossi la teta. "No, sto solo dicendo quello che abbiamo ascoltato alla radio. Su qualcosa di così importante, dobbiamo votare tutti per decidere cosa fare."

Una donna che era accanto a lui, disse, "Tu cosa pensi che dovremmo fare, Paul?"

"Sei Brittany, vero?" La donna annuì. "Brittany, io non ne ho idea."

Tutti ridacchiarono un po', ma erano per lo più risatine nervose. "Qui abbiamo cibo, riparo e delle difese. A Fort Simon, il Sergente che avevano le stesse cose. Sono sicuro che le loro difese siano più forti delle nostre, ma portare tante persone insieme in un posto in una situazione come questa è difficile, perché bisogna difendere tutti. Avete molte più probabilità di rimanere uccisi, proprio mentre aspettate che qualcuno vi dica cosa fare." Alzai le spalle. "La scelta la deve fare il gruppo, stavolta. Sarebbe un viaggio lungo e pericoloso attraverso le montagne e Dio solo sa cosa troveremmo lungo la strada."

Ci furono dei mormorii e Michael si alzò e agitò la mano per chiedere la parola.

"Voglio dire solo una cosa, gente. Tenete a mente che finora siamo stati dannatamente fortunati, se vi soffermate un minuto a pensarci. Di quelli di noi che sono rimasti, abbiamo perso poche persone a causa degli insetti... ed è tantissimo, considerato il resto del mondo! Certo, alcuni se ne sono andati da qui ed io prego sempre che ce l'abbiano fatta, ma personalmente io resterei qui, anche se farò quello che decide il gruppo." Michael tornò a sedersi di colpo, tutto rosso in viso.

Qualcuno gridò, "Tu cosa ne pensi, Bobby?"

Bobby si alzò e si guardò intorno lentamente, passando tutti in rassegna. Si sarebbe sentito uno spillo cadere. "Penso che dovremmo andare."

Tutti iniziarono a parlare, qualcuno diceva, "Davvero?" e altri dicevano, "Stai scherzando?" Bobby alzò la mano per far cenno di stare calmi e tutti si zittirono.

"Noi qui stiamo seduti comodi, è vero," continuò Bobby. "Abbiamo buone difese, ma gli insetti prima o poi ci troveranno. Quando succederà, potremo sostenere un attacco massiccio da parte loro? Certo, possiamo bruciarli, ma cos'altro abbiamo? Cos'altro possiamo usare?"

Walt alzò la mano. "Abbiamo i prodotti chimici. L'acido borico, lo spray antiparassitario."

Bobby annuì. "Certo che sì, Walt, ma non ne abbiamo tanto. Il nostro cibo può durare fino a primavera, ma poi cosa faremo?"

Mormorii preoccupati serpeggiarono tra i presenti.

"Non credo proprio che gli insetti ci lasceranno piantare mais o altro, non vi pare?"

I *NO* di risposta vennero spontaneamente.

"Ma se siamo con un gruppo di soldati e tutti noi facciamo la nostra parte e teniamo alta la guardia, potremmo essere in grado di piantare qualcosa e sopravvivere a Fort Simon." Bobby stava rimettendosi seduto, poi si fermò e si rivolse ai presenti. "Questo è quello che penso io, comunque." E si sedette.

"Vogliamo continuare a discutere per tutto il giorno?" Chiesi al gruppo. "Voglio dire, possiamo, se è quello che volete, ma io vi raccomanderei caldamente di votare, così che possiamo iniziare a pianificare quello che il voto ci porterà a fare. Sapete tutti quello che noi sappiamo, quindi basta discutere. Vogliamo cogliere l'opportunità e dirigerci a Fort Simon o vogliamo provare qui durante l'inverno?"

La maggior parte si guardò intorno in cerca di risposte negli altri. Phyllis mi guardò, chiedendomi con gli occhi cosa volevo fare e io alzai le spalle. Non lo sapevo. Quando anche Phyllis fece la stessa cosa, seppi che saremmo rimasti qui, a prescindere di quello che avrebbe detto il voto. Entrambi annuimmo e ci alzammo in piedi.

Alzai la mano per far fare silenzio. "Okay, è tempo di votare. Alzate la mano per rispondere alla domanda." Molti annuirono per confermare di aver compreso. "Okay, quelli di voi che pensano di dover... *SANTO CIELO*!"

Il suono di sega elettrica fu veloce e alto e il cielo sopra di noi fu pieno di creature-vespe. Allo stesso tempo, delle creature millepiedi spuntarono dagli alberi a passo di carica. Direttamente dietro di loro, c'erano quella specie di formiche che sradicavano gli alberi e li gettavano parecchi metri lontano verso il nostro gruppo. Ai lati delle vespe, c'erano circa cinquanta figure alate del tipo che avevamo visto nel supermarket in città. Ognuna aveva una lunga proboscide tagliente ed una singola antenna tra gli occhi neri e vuoti.

Gli insetti ci avevano còlti tutti di sorpresa.

"I bambini!" Gridai. "Phyllis, porta i bambini dentro il furgone del latte e chiudi gli sportelli!" Lei raggruppò i cinque bambini che erano ancora in questo gruppo e li spinse verso il furgone.

Non dovetti dire a nessuno di iniziare a sparare agli insetti. Sparavano a tutto quello che volava o che fosse più grande di loro, ma la sorpresa fu che molti di noi non avevano armi a portata di mano quando arrivarono gli insetti e perdemmo secondi preziosi per andare a prenderle, togliere le sicure e assicurarci che fossero cariche.

"I lanciafiamme, prendete i lanciafiamme!" Gridai. "Billy, va all'auto botte e riempi il fossato!"

Billy sentì e corse in quella direzione. Prima che avesse fatto cinque passi, una formica lo prese. Lo afferrò con le chele e lo tagliò in due. Mentre Billy moriva, sparò con il suo fucile alla testa della creatura e quella cosa morì con lui.

Contai dieci creature millepiedi. Sette di loro avevano persone in bocca e le stavano portando via, verso gli alberi. Avevano armature come gli armadilli e i proiettili non sembravano poterle penetrare.

Richie aveva deciso di prendere il posto di Billy e corse verso l'autocisterna. Ce la fece. Avevamo attrezzato una sorta di tubo che andava dal posto dove di solito c'era il bocchettone per mettere la benzina nelle cisterne sotterranee nelle normali pompe di benzina, fino al fossato che avevamo costruito.

Tutto quello che bisognava fare era girare l'interruttore e la benzina sarebbe refluita attraverso il tubo fino a lì. Richie iniziò a riempire il fossato. Riusciva a evitare le creature volanti mentre aspettava, sparando a qualcuna ogni tanto. Le vespe non riuscivano a prenderlo, perché l'autobus era parcheggiato vicino all'autobotte e non potevano infilarsi tra i due veicoli.

Qualcuno aveva portato fuori i tre lanciafiamme e ne aveva dato uno a Michael. Se lo mise in spalla e puntò una delle vespe. Questa fu presto avvolta dalle fiamme e si schiantò al suolo con qualche altre delle creature volanti tipo mosche, urlando e bruciando. Potevo sentire altre urla e speravo venissero dalle bocche delle creature morenti e non da quelle delle persone.

Con mio orrore, vidi una formica cercare di rovesciare il furgone del latte. Mentre guardavo, cercai di puntare all'insetto, ma qualcuno mi spinse mentre premevo il grilletto e il colpo andò sprecato. Una seconda formica apparve accanto alla prima e in due riuscirono a sballottare il furgone e poi a rovesciarlo.

Speravo solo che Phyllis e i bambini non si fossero fatti male all'interno del compartimento dietro al veicolo.

Anche Michael vide le formiche e girò il lanciafiamme su di loro. Urlarono subito e se ne tornarono di corsa tra gli alberi che circondavano la proprietà. Un po' di sottobosco prese fuoco, ma non mi importava.

C'erano diverse persone a terra, con le cose-mosche che si nutrivano dei loro fluidi. Ogni loro proboscide era immersa in un corpo come un tubo di quasi due centimetri di diametro. Le cose-mosche in parte dovevano essere zanzare, perché risucchiavano letteralmente ogni liquido che incontravano. La maggior parte delle persone su cui erano atterrate non si muoveva più e le creature risultavano lente e goffe una volta sazie. Non volavano molto bene e furono subito spacciate. Le persone non furono così fortunate.

Richie dovette scappare dall'autobotte, perché alcune formiche stavano strisciando sotto il veicolo per raggiungerlo. Mentre scappava, una vespa cadde nel fossato dall'altra parte della proprietà e prese subito fuoco. Prese anche quattro millepiedi e li bruciò. Le creature formica erano tagliate fuori da ogni via di fuga e iniziarono ad essere spacciate in breve tempo. Molte mosche e vespe furono travolte dalle fiamme, che ormai ardevano lungo tutto il fossato. Due caddero sulla baita che iniziò a bruciare velocemente con loro.

Il fossato funzionava che era una bellezza, eccetto per un piccolo problema.

Richie non era stato capace di chiudere il flusso di benzina dal camion prima di scappare.

Le fiamme risalirono il tubo e in fretta arrivarono al veicolo. In aggiunta a quella follia, l'autobotte esplose con una palla di fuoco enorme che coinvolse tutti i veicoli parcheggiati accanto. Il solo veicolo intatto era il furgone del latte ed era girato su un fianco.

Il colpo dell'esplosione buttò a terra la maggior parte dei sopravvissuti del nostro gruppo e causò la ritirata degli insetti... quelli che riuscirono a ritirarsi, comunque.

Ora ogni edificio della proprietà stava andando a fuoco e il cortile d'ingresso era pieno di gente e insetti morti o moribondi. Dovevamo andarcene di lì e in fretta.

Corsi al furgone e aprii il portellone sul retro. Phyllis ed i bambini scivolarono fuori. Bobby arrivò da non so dove e mi aiutò a rimetterli tutti in piedi. Erano tutti ammaccati, ma non avevano niente di rotto.

Susan, correndo verso di noi, disse, "Dobbiamo ritirarci verso la mia baita! Andiamo!" Aveva un taglio sulla testa che sanguinava e il sangue le copriva metà del viso. "Il fuoco si sta spegnendo nel fossato! Possiamo saltarci sopra! Forza!"

La seguimmo, con i pochi sopravvissuti superstiti.

Non erano tanti.

Phyllis ed io, Bobby, Susan, Latisha, Richie, Walt, Teresa, Michael, Millie, il Dottore, Heather e i cinque bambini, Keith, Clarissa, Zach, Martin e Emily. Diciassette persone. Eravamo i soli rimasti.

Capitolo 12

Questa è quasi la fine della storia.

Attraversammo il fossato, ognuno aiutando uno dei bambini a saltare, e salimmo alla baita di Susan. Parlammo poco tra di noi mentre salivamo e quando arrivammo alla baita, ci sedemmo a fissare il nulla. Avevamo tutti delle ferite minori, lividi e scottature.

Jeremiah fece a tutti una diagnosi di shock.

Ma pensa un po'!

I soli vestiti che avevamo erano quelli che indossavamo e le sole armi erano quelle che avevamo in mano.

Avevamo il cibo, certo. Vi ho detto che la baita di Susan era organizzata come la nostra, con pale eoliche, pannelli fotovoltaici e una cella frigorifera esterna.

No, il cibo non era il problema.

Erano le nostre speranze che erano state strappate via.

Quella piccola speranza a cui ci eravamo aggrappati tutti, era stata spazzata via dall'attacco degli insetti e sfumata nell'inferno ai nostri piedi. Che pensiero assurdo avevamo avuto di essere al sicuro e di poter sopravvivere a tutto. Gli insetti avevano altre idee e ci avevano schiacciato facilmente, come si schiaccia... beh... un insetto.

Bobby, Michael ed io decidemmo il giorno successivo di scendere a vedere se si era salvato qualcosa. Il fumo, che si era visto per tutto il giorno precedente, salire tra gli alberi, si dissolveva in un piccolo rivolo nero. Susan scelse di venire con noi e anche Latisha.

"Voi non andrete da nessuna parte senza di me," esclamò Latisha.

Lasciammo Walt e Richie di guardia e con cautela scendemmo giù.

Era la baita quella che fumava ancora. Il legno era bruciato in fretta e un caos annerito sulle fondamenta di cemento era tutto quello che rimaneva della nostra casa delle vacanze da sogno. Tutti i veicoli erano carcasse bruciate, incluso quello di Susan che era stato portato giù qualche giorno prima. L'auto di Cheryl era ancora nel garage di Susan, ma era piena di striscianti e falene morte. Era inservibile.

I pannelli fotovoltaici erano caduti per terra e l'equipaggiamento interno infranto, così come le batterie. Le pale eoliche erano decapitate. Il fabbricato del pozzo era bruciato e la plastica che circondava il filtro in cima al pozzo si era sciolta e aveva creato un coperchio. Avremmo potuto probabilmente aprirlo e usare l'acqua, ma perché avremmo dovuto? Non c'era più riparo. Era bruciato tutto quando l'autobotte era esplosa.

I corpi delle persone morte erano scomparsi e con loro anche quelli degli insetti.

Suggerii che fossero stati tutti presi dalle formiche per essere usati come cibo, perché in genere le formiche facevano così. Nessuno commentò.

C'erano alcune armi che recuperammo e un po' di munizioni. In mezzo al cortile, intatto e senza alcuna ragione per essere lì, c'era la scatola che conteneva la pistola lanciarazzi, con i razzi di segnalazione. Incredibilmente era sopravvissuta sia all'esplosione che all'incendio. La prendemmo.

C'erano dei vestiti sparsi in giro e prendemmo anche quelli.

Prendemmo anche del cibo congelato sparso qui e là. Non c'era molto che fosse scampato al fuoco o che non si fosse sciolto al sole, ma prendemmo tutto quello che era rimasto.

Dopo aver raggruppato tutto quello che avevamo trovato ed esserci assicurati che nessuno fosse rimasto lì per essere sepolto, ci riavviammo sulla montagna alla baita di Susan.

Mettemmo via quel po' che avevamo salvato e raccontammo agli altri cos'avevamo visto. E fu tutto.

PER ORDINE DEL DOTTORE, ce la prendemmo comoda la settimana successiva. Avevamo bisogno di guarire le ferite e riposare.

Saremmo partiti, sapete.

Decidemmo che non potevamo restare lì. Pensavamo tutti che sarebbe stato un grosso errore. Sarebbe stata solo una questione di tempo prima che gli insetti ci trovassero ancora e attaccassero. Potevamo sopravvivere, ma forse no. Avevamo meno da fare alla baita di Susan, perché la maggior parte delle scorte difensive erano all'altra baita. La benzina era finita, eccetto quel poco che serviva a far andare i generatori, quindi, senza quella, il fossato era praticamente inutile.

Avevamo perso l'acido borico e gli altri prodotti chimici nell'esplosione e nell'incendio.

Tutto quello che ci rimaneva erano le nostre armi, qualche fucile, un paio di pistole e due lanciafiamme che avevano quasi finito il carburante. Susan aveva un diffusore da giardino, uno di quelli che vanno con la leva a pressione manuale. Lo riempimmo di benzina e lo potevamo usare insieme alla pistola lanciarazzi per dar fuoco ad un insetto se i lanciafiamme si fossero esauriti.

Abbiamo fatto la guardia 24 ore su 24 e abbiamo fatto tutti i turni. Michael ha avvistato un millepiedi tra gli alberi tre giorni fa e la scorsa notte Richie ha sparato un paio di colpi e ha fatto fuori due falene. Ci siamo sorpresi di vederle a questa altitudine, ma c'erano.

Il freddo non li tiene lontani. Sicuramente sono a sangue caldo e stanno crescendo ancora. Le falene che Richie aveva centrato erano della taglia di un labrador retriever.

Ho passato questa ultima settimana usando tutti i quaderni di Susan per scrivere cos'è accaduto. È stato un impegno scrivere tutto a mano, ma è stato anche molto terapeutico.

Domani mattina partiremo diretti a nordovest verso Fort Simon. Andremo a piedi, perché i veicoli non sono più un'opzione. Dobbiamo attraversare due montagne e tre lunghe vallate prima di arrivarci. Sarà un lungo viaggio.

L'inverno sta arrivando e le notti saranno fredde e non sappiamo cosa ci aspetta lungo il cammino. Potremmo morire tra qui e la nostra meta, ma se c'è una possibilità, la sfrutteremo.

Perché gli insetti sanno che siamo qui.

Lascerò questi quaderni sul tavolo da pranzo qui nella baita di Susan. Forse, un giorno, verrò a riprenderli, o forse, verrà qualcun altro, li troverà e troverà un po' di speranza nella nostra esperienza.

Perché la speranza è la sola cosa che ci distingue dagli insetti con gli occhi vuoti.

Sull'Autore: T. M. Bilderback è stato un annunciatore alla radio con un gran numero di idee per delle storie che gli giravano intesta, tutte basate su canzoni popolari. L'autore attualmente risiede in Tennessee e sta scrivendo febbrilmente per togliersi queste storie dalla testa e metterle sotto forma di libro.

Altre opere di T. M. Bilderback

Nicholas Turner

Se potessi leggermi dentro

Justice Security

Mamma mi ha detto di non andare

Stanotte qualcuno mi ha salvato la vita

Jackie Blue

Svegliami prima di andar via

Sabato al parco

MacArthur Park

Il Piccolo Tamburino

The Night Chicago Died

Jim Dandy

Cow Patty

Hell's Bells

Racconti della Contea di Sardis

Non fatevi vedere mai più

Junior's Farm

The Devil's In The Details

I'm Your Boogie Man

Altre Storie

Il relitto dell'Edmund Fitzgerald

Oro

Una ragazza sexy in città

Il leone dorme stanotte

Greatest Hits

Heart Of Glass

Eli's Coming

Occhi vuoti

---

[1] MRE, cibo pronto per essere mangiato. Diviso a porzioni individuali.

[2] Il **survivalismo**è un movimento di persone o gruppi che si preparano attivamente per le emergenze, future o eventuali, comprese possibili interruzioni o profondi mutamenti dell'ordine sociale o politico, su scale che vanno dal locale a quella internazionale. I survivalisti hanno spesso una formazione che riguarda le emergenze mediche, l'auto-difesa, l'approvvigionamento di scorte alimentari e acqua, l'autosufficienza logistica tramite la costruzione di strutture per sopravvivere o nascondersi.

[3] *Special Snoflake Syndrome*, per la quale il soggetto crede che perché fa parte di una subcultura leggermente differente dalla cultura di massa, è migliore e superiore a tutti gli altri. Stato nato principalmente per etichettare i giovani (soprattutto le adolescenti) che postano notizie false sui social network o esagerano con i selfie.

Don't miss out!

Visit the website below and you can sign up to receive emails whenever T. M. Bilderback publishes a new book. There's no charge and no obligation.

https://books2read.com/r/B-A-KAW-UDQZ

BOOKS 2 READ

Connecting independent readers to independent writers.

www.ingramcontent.com/pod-product-compliance
Lightning Source LLC
Chambersburg PA
CBHW020659180626
46816CB00003B/1353